KB061876

겨드랑이와 건자두

박요셉 에세이

겨드랑이와 견자두

일러스트레이터 박요셉의 자발적 일상 표류기

김영사

프롤로그

실례합니다, 박요셉입니다

서른 살이 되던 해, 계획에도 없던 늦잠을 자고 일어나 평소보다 더 비참한 기분으로 한 해를 맞이했습니다. 누가 늦잠을 계획하고 자겠냐마는 새해 첫날만큼은 왠지 일찍 일어나야 할 것 같단 말이죠. 게다가 30대의 문을 열어젖히는 순간이었으니까요. 한참을 자책했습니다. 그러다가 문득 이런 생각이 들더군요. 어째서 나는 쓸모 있는 사람이 되려는 걸까? 여러 가지 이유가 대번에 떠올랐지만 곧 잊고 말았습니다.

혹시 파스타 좋아하시나요? 일러스트레이터가 하는 일은 파스타의 소스를 만드는 것과 비슷합니다. 소금 간이 잘 밴 면은 올리브유만 휘~ 한 바퀴 둘러도 먹을 수 있습니다만, 아무래도 어딘가 심심하니 여러 가지 다양한 소스를 만들어 곁들이는 것이겠죠. 때마다 고민을 거듭한 끝에 이거다 싶은 소스를 만들어냅니다. 당연히 소스만 먹는 경우는 거의 없습니다. 요컨대 소스가 없는 파스타는 있을 법한 이야기이지만, 소스만으로 이루어진 파스타는 어딘지 모르게 조금 어색합니다. 그 자체로 맛은 있겠지만요. 왠지 열렬한 짝사랑 같군요. 억울하지만 태생이 그렇습니다. 일러스트레이션이라는 뜻 자체가 무언가를 설명한다는 의미이니까요. 어쨌든 그렇게 부지런히 파스타에 곁들일 소스를 만들고 있습니다.

처음부터 이 일을 할 생각은 없었습니다. 20대에는 사진작가가 되기 위해 대부분의 시간을 보냈습니다. 종종 그리던 쓸데없는 낙서를 우연히 본 친구가 그림 그리는 일을 소개해줬고, 마침 그게 또 잘 풀려서 여기까지 온 것뿐입니다. 운이 좋았다고 해야 할지…. 인생 참 뜻대로 되는 것이 하나도 없네요. 설마 내 인생만 그런 건 아니겠죠. 사실은 모두 착착 계획대로 살고 있는 거라면 기분이 묘할 것 같습니다. 새삼스레 서른 살의 그 질문이 다시금 생각나네요. 어쩌면 나는 쓸모 있는 사람이 되기 위해 너무 많은 쓸모없는 시간들을 무시한 것일지도 모르겠습니다. 결국 나를 이끈 것은 모두 쓸모없고도 충실한 시간들이었는데 말이죠.

미안한 마음으로 쓸모없고도 충실한 시간들을 모아봤습니다. 소스만 열심히 만드느라 파스타 만드는 법을 잊어버린 줄로만 알았는데, 그동안 조금씩 면도 만들어봤더군요. 덕분에 오롯이 근사한 파스타 한 접시를 완성할 수 있었습니다. 서투르지만 아무쪼록 취향껏 즐겨주신다면 기쁠 것 같습니다.

+ 이 책의 쓸모는 아마 '이런 사람도 책을 냈으니 당신도 할 수 있어' 정도가 아닐까요. 쓸모없는 시간들의 쓸모를 찾아내주신 출판사 관계자분들께 머리 숙여 감사드립니다.

차례

#1 있는 그대로 봐주세요

#2 쓸모없는 것들의 쓸모

#3 금수저입니다, 멘탈 금수저

#4 없어 보이지만 있어요, 미묘한 차이

#1

있는 그대로 봐주세요

일종의 배려

클라이언트 측에 메일을 보낼 때는 늘 조심스럽다. 전체적으로 부담스럽지 않게 작성하는 것도, 또 센스 있는 개그를 살며시 얹는 것도. 특히 서문을 어떻게 여느냐의 문제는 '오늘 뭐 먹지?' 정도의 수준으로 매번 까다롭다. 하지만 가장 괴로울 때는 휴일에 일을 마무리하고 메일을 보내는 경우인데, "연휴 잘 쉬셨죠?" 혹은 "주말 즐겁게 보내셨나요?"라는 첫인사에서부터 '나는 개고생했습니다만?'이라는 문장이 읽히는 것 같아 결국 꼭 해야 할 말만 적은 딱딱한 메일을 보내고야 만다. 나는 실은 부드러운 사람인데. 하지만 중요한 말만 간결하게 전달하는 것이 업무 메일의 핵심이니 이것이 결과적으로는 옳은 방식이다. 일을 하면서 나라는 사람이 드러나는 것은 피하는 쪽이 좋다.

일을 하다 보면 메일의 중요성을 간과하는 사람을 가끔 만나는데, 대체로 전화가 더 편한데 왜 굳이 시간을 들여 메일로 소통해야 하는지 모르겠다는 식이다. 일리가 있다. '느낌적인 느낌'을 설명하려면 텍스트보다는 대화가 더 어울린다. 하지만 바로 그 점이 우리가 업무에 관해 메일로 소통해야 하는 이유이다. '느낌적인 느낌'이라는 것 자체가 당신의 머릿속에 있는 것들이 정리가 덜 되었다는 증거이니까. 차분히 앉아 내가 무엇을 향해 가는지, 그리고 이 사람에게 어떤 것을 요구해야 하는지 글로 적어보면 자연스럽게 정리가 된다. 일을 수월하게 진행해나가는 윤활유가 되는 것이다. 시간을 들여 로그인을 하거나 아웃룩을 열어 타이핑을 하고 보낸 후에 답변을 기다리는 지난한 과정에는 다 이유가 있는 것이다.

게다가 감정을 제어하는 데도 도움이 되는데, 아무리 화가 나는 일이라도 논리적으로 문장을 만들어가다 보면 어느새 진정이 된다. 생각하는 것을 글로 정리하는 게 어렵다면 분명히 문제가 있는 것이다. 글을 잘 쓰고 못 쓰고의 문제가 아니다. 과감히 적어보고 삭제한다.

무엇보다 메일로 소통하는 가장 큰 이유는 기록을 남기기 위해서이다. 서로 오해가 생길 여지를 없애고 더 나아가서는 증거가 된다. 그래서 업무 메일은 하나의 메일을 시작으로 계속 답장해나가는 형태로 주고받는 것이 중요하다. 간혹 어떤 분은 메일을 보낼 때마다 계속 새로 만들어 보내는데, 이런 경우는 좀 곤란하다. 매번 주고받은 자료를 찾는 데 애를 먹기 때문이다.

그동안의 경험상 가장 일처리를 잘한 분들은 공통적으로 첫 메일부터 완벽했다. 원하는 바와 진행하는 데 필요한 파일, 그리고 계약 내용들을 착착 정리해 보내주는 것을 보고는 감탄한 기억이 난다. 일을 잘한다는 것은 아마도 이런 것을 칭하는 것이겠지. 그런 메일에서는 일종의 배려가 느껴져 내심 고맙다.

모두가 그런 것은 아니지만, 경험상 공통적으로 일을 망치는 클라이언트는 메일을 전혀 활용할 줄 모른다. 모든 것을 전화로 해결하려는 담당자를 만나거든 있는 힘껏 도망가세요.

달리는 것의 즐거움

'날파리는 왜 단내를 좋아할까?' 뛰는 내내 생각했다. 어미 새가 토해내는 음식을 받아먹으려 아우성치는 새끼 새들처럼 날파리는 지쳐서 단내가 나는 내 입 주변을 도통 떠나지 않는다. 얘들아, 이 안엔 아무것도 없단다. 사기꾼이라도 된 기분이다.

한강을 끼고 달리는 것은 꽤 기분 좋은 일이다. 그것이 한낮이고 바람이 조금 불어준다면 더욱 좋다. 아무도 시키지 않았지만 모두가 출근한 시간에 여유롭게 강을 바라보며 달리는 것, 이 맛에 프리랜서를 하는 것이 아니겠나. 한 걸음 한 걸음 내디딜 때마다 내 모습이 왠지 찬란해 보인다. 남들이 봤을 때는 번들번들한 흰 찹쌀떡 같은 아저씨가 숨을 헐떡거리며 통통거리는 것으로밖에 보이지 않겠지만.

처음에는 15kg이나 불어난 체중을 줄이기 위해 시작했지만 나름대로 재미가 붙었다. 짧은 목표를 잡고 그것을 달성해나가는 것에서 오는 매일의 충만함이 썩 마음에 든다. 한강을 다녀온 날에는 왠지 아무것도 하지 않아도 뭔가를 이룬 것 같은 고양감으로 하루를 보낼 수 있다. 무의미한 착각일 테지만 아무렴 어떠냐. 술이나 게임처럼 자기 파괴적인 대가 없이 이런 기분을 느낄 수 있다는 것은 축복이다. 그렇게 5년째 달리고 있다.

한창 달리는 것에 맛 들여가던 시점에 느닷없이 함께 달리게 된 사람이 있었다. 계획하지 않았지만 정신을 차리고 보면 같은 시간에 같은 방향으로 달리고 있다. 이런 사람을 동료라고 해야 할지…. 말이 통하지 않는 외국인이었지만 묘하게 라이벌 같은 것이 되고 말았다. 말없이 등장해서 일정 구간을 공유한 뒤 쿨하게 사라지는 존재. 한 번쯤 서로 인사 정도는 했을 법도 한데 우리는 조용히 숨소리만 내뱉으며 반년을 함께 달렸다. 앞서거니 뒤서거니 하면서 지기 싫은 표정으로 앞만 보고 달리다 보니 어느 새 다리 두세 개 정도는 더 지나칠 수 있게 되었다.

그리고 어느 날, 거짓말처럼 나의 라이벌은 홀연히 사라졌다. 누군가 우리 러닝의 처음과 끝을 기록해줬다면 참 재미있었을 텐데 하고 생각해본다. 생판 모르는 두 외국인이 우연히 만나 말없이 반년간 함께 뛰며 홀쭉해진 모습으로 헤어지는 장면은 왠지 우습지 않나. 덕분에 짧은 시간 동안 지루하지 않게 잘 달린 것 같다. 나는 예나 지금이나 여럿이 함께 달리는 것의 의미를 잘 모르겠지만, 아마도 이런 기분이 마음에 드는 것일 테지.

혼자서도 좋았지만 함께일 때의 동질감도 꽤 즐거웠다.

11시 방향의 머리카락

11시 방향의 머리카락을 길게 길러 반대쪽으로 서늘하게 드리우던 교감 선생님의 헤어스타일은 타인을 기만하기 위한 것이 아니었다. 왜 몰랐겠는가. 그는 그저 풍성하던 젊은 날을 떠올리며 아직 젊음을 포기하지 않았음을, 할 수 있는 최선을 다했음을 스스로에게 증명하고 싶었을 뿐이다.

그렇게 생각하니 왠지 머리를 다시 기르고 싶어졌다. '죽기 전에 꼭 가봐야 할 여행지 20선' 같은 막연함이 아닌, 라면을 앞에 두고 없는 김치를 찾는 절박함으로. 아직 풍성할 때 마음껏 휘날리고 싶은 것이다. 부디 내년 이맘때쯤에는 버스 창문을 활짝 열고 뒷사람의 콧잔등이라도 간질일 수 있기를.

사물의 온도

반대되는 온도의 물체들이 갑자기 맞닿으면 보통은 기분이 좋다. 가령 얼어붙은 손에 따뜻한 커피잔이라든지, 어제 먹다 남은 차가운 카레를 뜨거운 밥 위에 올려놓는다든지 하는 뭐 그런 것들.

하지만 오늘 에어컨으로 서늘해진 기차 안에서 팔걸이 위로 불현듯 만지게 된 뒷좌석 아주머니의 두툼하고 따끈하던 눅눅한 발은 예외로 해두고 싶다.

마지막 잎새

'쓸데없는 이야기' 하니까 생각나는 게 있다. 스무 살 볼이 붉던 시절의 크리스마스로 기억하는데, 재수생 신분이던 나는 그날도 장장 15시간이라는 1일 3시험의 '석고정물수채화(라는 괴상한 입시)'를 마치고 느지막이 집에 돌아왔다. 학원에서는 하루 종일 라디오를 틀어놔서 쪼다 같은 광고 멘트를 달달 외울 정도였고, 1월 1일이 아니라 12월 32일이라고 하는 언어영역 3점짜리 문제 같은 노래를 하루에도 서너 번씩 들으며 코끝이 흑연으로 까맣게 물드는 그런 지옥 같은 시절이었다. 매일매일 피곤한 상태.

그날은 늘 진득한 우울함이 낮게 깔려 있는 노량진조차 어스름하게 밝은 기운이 감도는 바로 그 크리스마스였기에 더욱 우울하고 지쳤던 것 같다. 당연하게도 집에 오자마자 씻지도 못하고 쓰러지듯 잠에 빠져든 나는 무자비한 공사 소음에 눈을 떴다. 빌어먹을! 몇 번을 참고 또 참다가 비로소 드릴 소리가 등장하자 분노가 피곤을 넘어서는 상태에 이르러 나는 그만 괴성을 지르며 문을 박차고 뛰쳐나갔다.

귀밑이 시렸다. 휘잉 하고 귓불이 팔랑댈 정도의 바람이 나를 감쌌다. 어째서 거실에서 바람이 부는 건지에 대한 고민이 끝나기도 전에 내 망막에 닿은 작은 굴착기를 마주하고는 팬티 바람의 나는 거실에서 머리가 휘날리는 요상한 꼴로 잠시 멍하니 서 있었다. 분노의 주먹은 추위로 펴지도 못한 채.

정확히 내 방과 거실 3분의 2를 제외한 나머지 부분이 사라져 있었다. 굴착기 아저씨도 멍하니 나를 바라보았다. 당시 내가 얹혀살던 집의 형이 남기고 간 포스트잇이 마지막 잎새처럼 파들파들 떨며 냉장고에 간신히 붙어 있었다. "내일 주인집에서 집 보수공사를 한다니까 낮에는 좀 나가 있어라. 메리크리스마스!"

형, 덕분에 매년 이맘때쯤엔 형의 얼굴이 떠오르네요. 평생 이것만 생각하면 허탈한 웃음이 절로 나올 것 같아요. 최고의 선물이었습니다. 늦었지만 저도 메리크리스마스!

아니라고요

여성용품 회사와 미팅을 하게 되었는데, 돌아오는 길에 제품 샘플을 양손 가득 들고 지하철을 탔다.

아닙니다, 아닙니다. 그런 것이 아닙니다. 갈 곳 잃은 절규가 목구멍에서 찰랑거린다. 땀이 흐른다. 홍대는 왜 이리 먼가.

냉정한 사회

인스타그램에는 거의 낙서만 올리고 있는데, 간만에 새해에 기분 좋게 얼굴 사진을 올렸더니 팔로어가 순식간에 10명이 줄었다. 사회는 냉정하다. 좋은 그림을 열심히 그려야 되지 않겠어? 속삭여주는 것 같다.

노는 것은 즐거워

뭘 그려야 할지 멍하니 생각하는 시간이 좋다. 생각을 제어하지 않고 머릿속을 가만히 부유하게 내버려두면 몇 번이고 그림을 완성하고 무너뜨리는 것을 반복한다. 이거다 싶어서 그림을 그려보면 생각과는 조금 다른 그림이 나오는 것도 재미있다. 계획을 완벽하게 짜서 진행해야 하는 클라이언트 일보다 이쪽이 훨씬 재미있는 것은 조금 더 놀이에 가까운 행위이기 때문인지도 모르겠다. 그러니까 오늘은 일을 때려치우고 낙서나 실컷 하고 싶지만 꾹 참아야지. 누가 시간을 돈으로도 살 수 없다고 했나. 나는 시간을 벌기 위해 일하고 있다. 그림 그릴 시간을 벌기 위해 그림을 그리고 있다니.

아저씨의 세계

아저씨가 되지 않기 위해 필사적으로 노력하고 있다. 벌써 아저씨가 되기에는 나는 아직 젊다. 아냐, 젊다는 단어가 입 밖으로 나온 순간 이미 끝난 건가? 보통은 어리다고 표현하니까. 아, 어렵다. 어떻게든 아저씨와 아저씨 이전 사이에 놓여 있는 선을 넘지 않으려고 애쓰고 있다.

아저씨와 아저씨가 아닌 것의 차이는 무엇일까? 아마도 가장 큰 차이는 꼰대력이겠지. 이 점에서는 안심이다. 나라는 인간은 대체로 남에게 큰 관심이 없기 때문에 참견할 거리가 없다. 애초에 그럴 권리가 본인 이외의 누군가에게 있기나 한 것인지. 모두가 각자의 인생을 제멋대로 살았으면 좋겠다. 일단은 마음이 놓인다. 하지만 기뻐하긴 이르다. 여러 가지 허들이 잔뜩 남아 있다.

두꺼비들이 줄지어 이동한다거나, 특정한 구름

형태가 나타나는 것을 보고 지진을 예감하듯 아저씨가 되는 것에도 전조 증상이 있다. 이유 없이 낮고 느린 콧노래를 흥얼거리는 것도, 땅콩을 입에 탁 털어 넣어 먹는 것도, 한쪽 콧구멍을 막고 코를 쉬익! 푸는 것도 모두 그런 종류의 행위들이다. 아마도 이런 행위를 자연스럽게 하는 순간을 목격하는 것은 무척 괴롭지 않을까. 계속해서 나를 돌아보고 주의를 기울이는 수밖에 없다. 지진의 전조 증상을 목격했다고 해서 지진을 피할 수는 없겠지만, 적어도 그것으로부터 먼 곳으로 도망은 갈 수 있겠지. 몸은 점점 늙어가겠지만 자세만큼은 언제까지나 아저씨 이전 상태로 남고 싶다.

오랜만에 맛있는 음식점을 찾아내 부푼 마음을 안고 찾아갔다. 맛있는 음식을 먹는 것은 어째서 이다지도 행복한 것일까. 훌륭한 셰프들이 끝없이 장수하고 복을 누렸으면 하고 빌어본다. 커다란 행복에는 그만한 대가가 필요한 모양인지 애써 찾아간 음식점 앞에는 줄이 길게 늘어서 있었다. 기다리기로 마음먹었다. 아저씨는 이런 걸 못 한단 말이지. 나는 아직 젊은 모양이다. 후후.

멍하니 이런저런 생각을 하며 기다리는데 무심코 손뼉을 치고 있는 나를 발견했다. 앙코르를 기다리는 관객처럼 짝짝짝 하고 치는 것이 아니라, 아주 느린

박자에 맞춰 설렁설렁 치고 있었다. 음? 이유를 알 수 없는 행동에 황급히 손을 주머니에 감추고 휘파람을 불었다. 음? 휘파람은 왜 불었지? 조용히 옆에서 바라보던 아내가 한마디 한다.

"어이, 아재."

기억의 무늬

여행은 돌아온 시점부터가 시작이다. 시간이 지날수록 불필요한 기억들은 다 떨어져 나가고 좋았던, 혹은 인상적이던 기억들이 서로를 끌어당겨 결국엔 완벽한 하나의 아름답고 단단한 여행으로 남는 것이다.

그러고는 그 기억의 무늬를 하나하나 더듬으며 마음껏 탐하다 지루해질 즈음에 다시 떠남으로써 비로소 여행은 마무리된다.

어쩌면 여행을 떠난다는 행위 자체는 거대한 여행과 여행 사이에서 잠시 쉬어 가는 것에 지나지 않는 건지도 모르겠다.

음식은 위대한 거야

비 오는 날 뭔가를 굽는 냄새를 맡으면 너무나도 괴로운데, 그것이 생선이고 그중에서도 갈치라면 더욱 괴롭다. 어릴 적 어머니가 토막 내 구워주시던 그 갈치. 작은 콧구멍 한껏 열어 그 일대의 대기를 품고 싶다.

초등학교 시절 과학 상상 글짓기를 할 때면 꼭 알약 하나로 한 끼를 해치우는 장면을 묘사하고는 했는데, 그때로 돌아가 원고지를 찢어 어린 나의 눈앞에 뿌리면서 나지막이 속삭이고 싶다.

"닥쳐, 음식은 위대한 거야."

사소한 약속

지난 몇 년간 프리랜서로 일하면서 나는 약속만큼은 절대적으로 지키는 사람이기를 원했다. 실제로 일하면서 타당한 이유가 있었던 한두 번의 일을 제외하고는 결코 사소한 약속이라도 어겨본 적이 없다. 그것이 내가 생각하는 나의 가장 훌륭한 장점이기도 했고.

부당한 일도 많았다. 일정을 마음대로 바꾸거나 이미 다 완료한 작업을 완전히 뒤엎는다든지, 자신이 원하는 것이 무엇인지 알지 못한 채 일을 맡기는 그런 사람들. 나는 그때마다 분개하면서도 끝끝내 약속은 꼭 지켜줬다. 아마 이상한 사람처럼 보였겠지. 전화로는 분노하면서도 약속한 날에는 꼭 공손한 태도와 함께 작업이 도착해 있었을 테니. 평판이 나빠져 일이 끊길지 모른다는 막연한 불안감, 그것이 두려웠다. 그러니 말도 안 되는 일에도 그렇게 스스로에게 프로 자세를 요구하며 몰아세운 거겠지.

앞으로도 나는 늘 그랬듯 같은 자세를 유지할 생각이다. 다만 부당한 일에 대해서는 좀 더 강경하게 대처할 만한 기준과 소신을 만들어나가고 싶다. 이제는 금액이 적더라도 나를 존중해주는 사람들과 일하는 것이 훨씬 즐겁다. 평판이 나빠져도 상관없다. 어차피 사람은 정확한 사실보다는 자기 기준으로 이야기하고 믿고 싶은 것만 믿으니까. 그런 것에 신경 쓸 시간에 운동을 한 번, 그림을 한 장 더 그리는 게 낫다. 나는 좋은 작업을 하며 살아가고 싶다.

돋보기안경

내 주위를 끊임없이 맴돌며 구애하던 외로움을 결국 받아들여줬다. 이제 빼도 박도 못 하게 온전히 내 것이 되었다. 그 많던 친구는 대체 어디로 다 사라진 것일까. 나는 이제 친구가 없다.

처음에는 바래가는 관계들이 아쉬워 억지로 붙잡아 손에 쥐려 노력했지만 아무 소용 없다는 것을 깨닫고 그만둔 지 오래이다. 더 이상 내가 필요하지 않다는 기분을 느끼는 것은 매번 괴로운 일이지만, 관계라는 것은 혼자서 어찌할 수 있는 문제가 아니다. 좋든 싫든 받아들일 수밖에 없다.

언젠가는 나도 모르게 "외롭다"라는 말이 입 밖으로 튀어나온 적이 있었다. 말이라는 것은 참 무섭구나. 생각만 하던 것이 말로 뱉고 나니 기정사실처럼 되어버렸다. 반들반들한 머리의 판사가 천천히 판사봉을 내리치며 "피고인에게 외로움 100년 형을 선고한다"

하고 단호한 어투로 읊조린다. 땅땅땅!

얼마 전 부동산 중개소에 들렀다가 재미있는 광경을 목격했다. 중요한 서류를 꼼꼼히 들여다보던 주인아저씨가 계약서에 얼굴을 거의 파묻고서는 “김 사장, 거 글씨가 너무 작네, 안 보이는구먼” 하고 말한다.

“제 돋보기 드릴까요?”

비슷한 연배의 부동산 아저씨가 주섬주섬 서랍 속을 뒤적인다. 나는 당연히 탐정이 들고 다니는 동그랗고 커다란 돋보기를 말하는 줄 알았는데, 아저씨가 꺼내 든 손에는 작은 안경이 하나 들려 있었다.

“좋구먼, 좋아.”

흡족한 표정으로 남의 안경을 쓴 주인아저씨가 도장을 찍는다. 아니 남의 안경을 쓴다는 것이 가당키나 한 일인가? 당연히 개인 간의 편차가 있을 텐데 그것이 아닌 모양이다. 하나의 안경을 그 안에 있는 어르신들이 이리저리 돌아가며 써보는 풍경이 생소하면서도 재밌다. 외롭지 않다면 고통도 더 이상 고통이 아닌가 보다.

고양이의 사냥

영화를 보며 먹을까 하고 닭꼬치를 사서 나오는 길에 고양이 한 마리가 왠지 알은척을 하길래, 좀 나눠주려고 봉지를 뒤적이다 고개를 들어보니 어느새 새끼 고양이 두 마리가 합류해 사냥 대형으로 내 주위를 둘러쌌다. 그 모습이 너무 귀여운 나머지 영혼까지 깨끗이 털린 채 터덜터덜 집으로 돌아왔다.

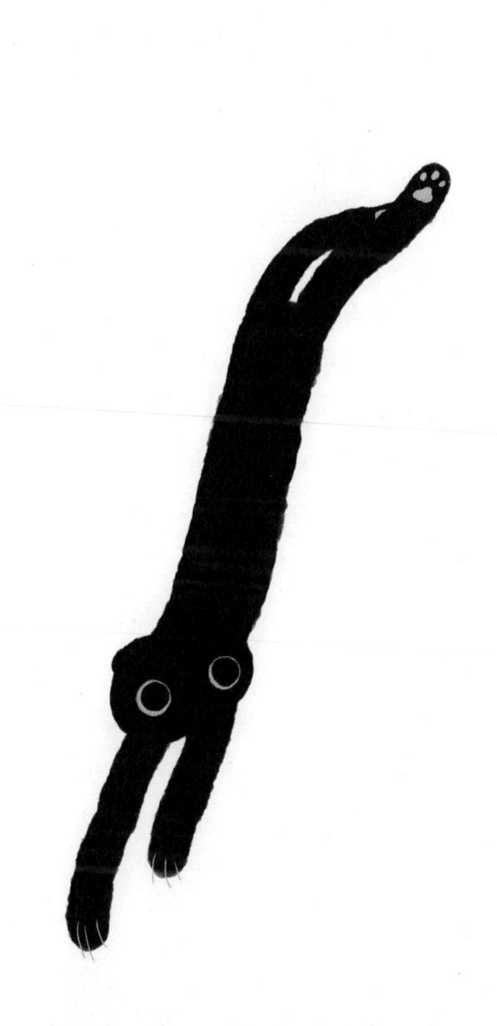

그래, 너는 틀리지 않았어

며칠 전, 찬장 구석에서 잠자고 있던 스타우브 팬을 꺼내 써보고는 주물 팬의 훌륭함을 깨달았다. 특히 스테이크를 구울 때의 그 기막힘은 마치 내가 요리에 재능이라도 있는 것만 같은 착각을 불러일으킬 정도였다. 어쩌면 나는 그림의 요망함에 휘둘려 요리사로서 나의 재능을 눈치채지 못한 걸까 하는. 팬의 훌륭함을 보다 구체적으로 기술하자면 조리가 끝난 후에도 팬 전체가 천천히 식기 때문에 겉은 더 바삭해지고 속은 부드럽고 따뜻한 상태를 식사 내내 유지할 수 있다는 점이 특히 그러하다. 역시 뭔가에 재능이 없으면 장비라도 좋아야지. 그런 핑계로 하루 종일 스테인리스 팬이니 장인이 만든 나무 도마니 하는 것을 장바구니에 넣었다가 뺐다가 반복하고 있다. 아, 소유욕은 한번 도지면 막을 길이 없다. 세상에는 좋은 것과 더 좋은 것이 필요 이상으로 많다.

1977년에 쏘아 올린 보이저호는 태양계를 벗어난 몇 안 되는 물체 중 하나이다. 여전히 쉬지 않고 나아가며 여러 가지 정보를 지구로 보내오고 있다. 내가 태어나기도 전에 지구를 떠나 대단한 일을 수행하고 있다니 무슨 위인을 바라보는 것 같다. 태양계를 벗어났을 뿐인 것이 뭐가 대단한가 싶지만, 가설에 불과하던 우주 크기를 조금씩 증명해가고 있다는 것은 생각보다 훨씬 더 놀라운 일이다. '그래, 너는 틀리지 않았어' 하고 먼 우주 어딘가에서 반짝거리며 확신을 건네온다. 더 놀라운 것은 보이저호가 장착한 열악한 프로그램과 성능인데, 믿을 수 없게도 램의 용량이 68킬로바이트에 불과하단다. 게다가 관측을 기록하는 장비는 카세트테이프라고. 그마저도 용량이 적어서 끊임없이 덮어쓰는 처지이다. 겨우 포스터 하나 만드는 데 힘들다고 호소하는 나의 컴퓨터는 램이 16기가바이트나 되는데. 주위의 일러스트레이터들이 아이패드나 신티크(액정 태블릿)를 척척 사들이는 것을 보고 필요도 없는데 사려 한 내 마음이 조금 부끄러워진다.

미안해, 보이저야. 하지만 나는 오늘 장바구니에 가득 담겨 있던 주방 기구들을 결제하고 말았어. 뭔가를 갖고 싶은 마음은 '필요'와는 꽤 거리가 있는 것 같다. 너와 나 정도의 거리만큼.

보이저도 아마 아름다운 목성을 지나칠 때 왠지 그것을 갖고 싶지 않았을까. 기계의 마음을 알 수는 없으니 내 맘대로 추측해본다. 41년쯤 혼자 어두운 공간을 가로지르면 보이저도 소유욕 정도는 조금 생기지 않았을까. 나만 그런 것이 아니라고 온 우주에 외치고 싶다.

그런 느낌

중국엔 이상한 건물이 많다더라 하는 뉴스의 영상에 머리가 벗겨진 중국인 아저씨가 인터뷰를 하는 장면이 나왔다. 그런데 하단에 '조셉/건축가'라고 뜨길래 "와하하" 웃다가 금세 입을 다물었다.

나도 그런 느낌이려나….

 # 아니 글쎄

거긴 아무것도 안 그린 게 아니라

빈 공간을 그려 넣은 거예요.

끼잉끼잉

갑자기 강아지가 "끼잉끼잉" 소리를 내는 이유가 궁금해서 똑같이 소리를 내봤다. 침묵으로 꽉 들어찬 방 안에 다 큰 남자가 혼자 우두커니 앉아 낑낑 소리를 내고 있자니 꼴이 우습지만, 의외로 마음이 상당히 차분해진다. "끼"의 고음이 진공상태 같은 방 안 공기를 찢음과 동시에 "~잉"의 플랫되는 울림이 그 사이를 처연하게 메우는 걸 반복함으로써 소리를 내고 있는 나의 존재감을 계속 확인해준다고나 할까. 역시 동물의 본능적 행동에는 다 이유가 있는 법. 한참을 낑낑거렸더니 배가 고프다. 냉장고도 조용히 울고 있다.

연봉 협상

아무도 내 연봉을 올려주지 않아서
오늘은 나와 연봉 협상을 진행했다.

합리적인 사람의 기분

나는 꽤 합리적인 사람이다. 합리적으로 사고하는 것을 언제 누구에게 배웠는지 모르겠지만, 자연스럽게 그런 사람이 되고 말았다. 목적하는 바가 있다면 명확하게 집어내어 그것에 도달하는 가장 효과적인 방법을 찾아내는 것. 적고 보니 거창한 것 같지만 실은 단순하고도 당연한 방식이다. 가령, 배가 고프면 섭취하는 행위를 통해 그것을 충족한다. 여기까지라면 본능적인 것에 가깝지만, 어제 무엇을 먹었는지 떠올려보고 최대한 겹치지 않는 메뉴를 고른다거나, 위장 상태를 고려해 맵고 짠 음식은 피하는 식으로 주어진 상황에 맞게 최선의 선택을 해나가면 자연스레 합리적인 결과를 얻을 수 있다.

반대로 말하면, 배가 아파도 "오늘은 비가 오니 무조건 파전에 막걸리지" 하는 충동적인 판단을 내리는 경우는 거의 없는 것이다.

어릴 적 우리 집은 마을에서 가장 높은 곳에 있었다. 지금이야 높은 곳을 딱히 좋아하지 않지만(무섭다), 어릴 때는 그것이 참으로 근사하다고 생각했다. 온 동네가 한눈에 내려다보이는 곳에 서서 멍하니 사방을 바라보는 기분이라니. 보이는 것이라고는 산이나 논밭, 강밖에 없었지만 그래도 근사했다. 종종 시내에 나갈 때면 어머니는 단장을 하며 꼭 나를 베란다에 세워 놓으셨다. 어머니가 가리키시는 방향을 잘 보고 있으면 작고 긴 애벌레 같은 것이 조금씩 이쪽을 향해 기어오다가 금세 버스로 둔갑하곤 했다. 어머니는 버스가 어느 지점에 도달하면 신호를 달라고 말씀하시고는 때가 되면 귀신같이 날아서 버스에 올라타셨다. 어느 때는 업혀서, 어느 때는 손목을 붙잡혀 끌려가듯이 매번 버스를 향한 질주를 반복하는 동안 나는 어느새 발이 빨라져 어머니보다 먼저 버스 정류장에 도착해 버스를 잡고 있었다. 발에 불이 나도록 뛰어가며 언제나 생각했다. '10분만 미리 도착해 있으면 편할 텐데.'

반대로 아버지는 여행을 갈라치면 늘 공항에 4시간은 일찍 도착하신다. 체크인하는 데 30분도 안 걸리고 요즘은 인터넷으로 다 되니 그렇게까지 일찍 도착할 필요가 없다고 누누이 말씀드려도 어김없이 일찍 도착해 계신다. 공항에서 할 게 뭐가 있을까 싶어서 여쭤보면 여러 가지로 바쁘시다. 책도 읽고 심지어는 샤워도 하신단다. 공항에 샤워 시설이 있다는 것을 아버지를 통해 처음 알았다. 그런 건 집에서 해도 될 텐데, 도무지 이해할 수가 없었다.

그러나 곰곰이 생각해보면 각자 모두에게 합리적인 판단이었다. 어머니는 따분하고 단조로운 시골 생활에 일종의 스릴이 필요했을지도 모른다. 그리고 자신의 남다른 빠른 다리를 굳게 믿고 있었다. 아버지는 부정맥이 있기 때문에 당황스러운 일이나 급하게 뭔가를 처리해야 하는 상황을 피하고 싶은 마음이 강했을 것이다. 여권을 놓고 오거나 예약에 문제가 생겨도 의연히 대처할 수 있는 '여유', 그것이 무엇보다 소중하셨을 테지. 두 분 모두 계획적이지 않거나 너무 철저한 계획이었을 뿐이지 그 과정은 무척 합리적이었다. 목적하는 바에 각자가 원하는 모양으로 멋지게 닿으신 것이다. 나는 그저 '합리적인 사람의 기분'이란 것에 취해 참견하고 잔소리하며 우쭐댄 것은 아닐까. 결국에는 그런 것들이 꼰대가 되는 지름길일 텐데. 생각만으로도 끔찍하다.

그러고 보면 두 분이 꽤 다른데도 함께 잘도 살아오셨구나 싶다. 아마도 그 안에는 인내나 사랑 같은 것들이 윤활유처럼 부드럽게 스며들어 있겠지. 마치 딱딱한 껍질이 부드러운 크림을 감싸고 있는 파이가 한 접시에 담겨 있는 것을 보는 것 같다. 이런 걸 보고 있자면 합리적인 사고라는 것이 무슨 의미가 있나 싶기도 하고.

#2

쓸모없는 것들의 쓸모

물소와 호구

무심코 틀어놓은 TV에서 물소 떼가 잔뜩 나오길래 멍하니 보기 시작했다. PD가 물소 주인에게 어느 소가 가장 사납냐고 묻자 한눈에 딱 봐도 무섭게 생긴 소를 클로즈업한다. 아니 무슨 황희 정승도 아니고 아프리카까지 가서 저런 질문이나 하고 있지. 구시렁대며 보고 있자니 이번에는 어떤 소가 가장 순하냐고 묻는다.

이번에도 역시 한 놈을 클로즈업. 먹이 싸움에서 늘 밀리는 모양인지 딱 봐도 골반뼈가 앙상하게 튀어나와 있다. 그러더니 주인이 갑자기 "올라타보세요, 얘는 타도 괜찮습니다"라는 멘트를 하며 PD를 억지로 소에 태우는 장면이 이어진다. 바싹 마른 물소는 사람을 태우고는 비척거리며 똥 위를 힘겹게 걷는다. 말 못하는 짐승이라 그렇지 누가 봐도 똥 씹은 표정을 하고 겨우 버티는 기색이 역력하다.

나는 해골물을 마신 원효대사처럼 아닌 밤중에 깊은 깨달음을 얻었다. 어디 가서 호구 잡히면 저렇게 되는구나. 사람이고 물소고 다를 게 없구나.

우주적 순간

어찌 된 일인지 언젠가부터 내 방 뒤편에 이름 모를 작은 나무 한 그루가 묵묵히 서 있다. 키운다기보다는 원래부터 거기 존재하던 어떤 물건인 양 우두커니 그렇게. 14일마다 한 번씩 물을 받아먹는 따분한 식물. 식물을 키우게 될 줄은 꿈에도 몰랐다. 나는 작업할 때 보통은 음악을 틀어놓지만, 머릿속에서 아이디어를 이리저리 조합할 때만큼은 귀가 멍해질 만큼의 침묵을 작업 공간에 담아놓는다. 나는 그게 좋다. 조용한 물 위에 둥실하고 떠오르는 아이디어를 잡아채는 듯한 그 느낌.

어느 날, 늘 그렇듯 침묵 속에서 허공을 바라보며 의자에 반쯤 누워 공상에 빠져 있는데, 머리 뒤쪽에서 부스럭 소리가 작게 났다. 설마 벌레인가 하고 뒤돌아보니 정물 같던 작은 나무 밑에 수북하게 쌓인 잎이 눈에 들어온다. 언제 저렇게 많이 떨어졌지. 한참을 노

려보다 이내 지루해져 시선을 돌리려는 찰나, 나는 잎이 떨어지는 순간을 목격했다. 아주 작은 소리와 함께 새로운 잎이 말라버린 잎을 밀어내는 광경이라니, 나도 모르게 탄성이 나왔다. 행성들이 일직선으로 늘어서는 것 따위보다 훨씬 더 우주적인 순간. 그날 그 순간이 1년이 지난 지금도 잊히지 않는다.

즉석 만남

마을버스를 타고 오는데 뒤편에 엄마와 딸이 앉아 있었다. 아이는 세상 모든 것이 궁금한 딱 그 정도의 나이였는데, 창밖을 스쳐 지나가는 모든 텍스트를 소리 내어 읽고 그것의 뜻을 엄마에게 물어보고 또 물어보았다. 아마 나도 저랬겠지. 지긋지긋한 질문이 소음처럼 느껴졌지만 내용이 재미있어서 나도 모르게 엿듣게 되었다. 수노래방을 지나면서 아이가 물었다.

"2시간에 만 원? 비싼 거야?"

그러자 엄마가 대답한다.

"1시간에 8,000원이야. 그럼 비싼 걸까? 네가 1시간만 노래하고 싶다면 2시간에 만 원은 비싼 거야."

꽤 좋은 답변이라고 생각했다. 하지만 아이 엄마도 나도 다음 정거장이 삼거리 포차 근처라는 것을 까맣게 잊고 있었다.

"즉석 만남? 즉석 만남이 뭐야?"

아이 엄마는 잠시 당황하더니 쉬운 예를 들며 알려주었다. “너, 즉석 떡볶이 알지? 즉석이라는 것은 그런 뜻이야.”

여기까지 말하자 아이가 말을 자르고 다시 물어보았다. “그럼 즉석 만남도 먹는 거야?”

아이 엄마도 나도 침묵했다. 어떤 답변을 해줬더라면 좋았을까. 아무리 생각해봐도 마땅한 답이 떠오르지 않는다.

잘하는 것과 좋아하는 것

종종 자신의 재능을 깨닫지 못하고 살아가는 사람들이 있다. 며칠 전 숨 막히는 퇴근길의 지하철에서 마주친, 생물학을 공부하던 남자가 꼭 그랬다. 그 좁은 틈바구니에서 노트를 높이 들고 뭔가를 계속 외우길래 무심코 엿보게 된 노트에는 온갖 미생물들과 몸 내부의 기관들(정확히는 어떤 부위인지 모르겠으나)이 색연필로 자세히, 그리고 매우 아름답게 그려져 있었다. 처음에는 노트처럼 만든 참고서라 생각하고는 '어떤 일러스트레이터인지 참 대단한걸' 하고 감탄했다. 그러나 흔들리는 지하철의 조명에 그림 부분이 반짝이는 것을 보고 이내 착각이었다는 사실을 깨달았다. 그 뒤로도 몇 장을 넘기는 내내 뒤에서 '오오, 호오, 허, 흐에' 하고 변태처럼 속으로 감탄하며 바라보다 급하게 내리는 남자의 등을 멍하니 지켜보는 것으로 감상이 끝났다.

"자네, 그림을 그려보지 않겠나?" 나지막이 귀에 대고 속삭이고 싶었지만 무책임한 말을 하고 싶지는 않아서 그만뒀다. 그는 본인의 재능을 알면서도 좋아하는 일을 하고 싶었던 걸까, 아님 마땅한 조언자가 없는 환경에서 자라서 전혀 눈치채지 못한 걸까? 다시 생각해봐도 참 아깝다.

아이가 바뀌었어요

이상한 한 해였다. 최근에 작업 결과물을 무더기로 올려서 남들은 내가 아주 바쁠 거라고 생각하겠지만, 결과적으로 나는 이번 해에 약 2~3개월 정도만 일하고 나머지는 모조리 놀았다. 놀았다고 표현하니 좋아 보인다. 1년에 4분의 3을 아무 일도 하지 않을 수 있다니 좋은 인생 아닌가. 그러나 대부분의 시간은 괴로웠다. 5년 만에 처음 찾아온 몇 달간의 공백에 당황스러워 어쩔 줄 몰랐다. 뭐가 문제인지 아무리 고민해봐도 답을 찾을 수가 없어서 더욱 답답했다.

돌이켜보면 지난 5년 동안 맘 편히 쉬어본 적이 한 번도 없었다. 많은 그림을 클라이언트의 요구에 맞춰 그렸고, 어느새 여러 가지 스타일을 구사하는 일러스트레이터가 되어 있었다. 맡겨만 주면 뭐든 해내는 만능 팔 가제트 같은 일러스트레이터. 그야말로 그림 그리는 기계! 나는 티끌 같은 재능이 바닥나는 줄도 모르고 그것을 계속 소진해왔고, 늘 미래에 살며 알 수 없는 앞날에 불안해하느라 내게 주어진 소중한 시간들을 흘려보냈다. 내일의 편안함을 위해 오늘 불편해했다.

요즘은 '과연 내가 그림 그리는 것을 좋아하기는 하는 걸까?' 하는 생각이 머릿속에 가득하다. 잘하는 것과 좋아하는 것은 분명 다르다. 잘하는 것은 아무 때고 그만둘 수 있지만, 좋아하는 것은 그럴 수 없다. '내가 그림 그리는 것을 좋아하지 않는 사람이라면 어쩌지?' 하는 생각에 몇 년째 모른 척해온 질문을 이제와서야 곰곰이 곱씹어본다. 정말 그러면 어쩌지? 자식을 낳은 병원에서 십수 년이 지난 후 "죽을죄를 지었습니다. 사실 아이가 바뀌었어요"라는 멘트를 듣는 기분은 생각하기 싫은데.

나는 내게 시간이 많으면 대단한 작업을 할 수 있을 줄 알았지, 타성에 젖어 꼼짝도 못 하는 나를 볼 줄은 몰랐다. 당분간은 근본적인 질문에 집착할 예정이다. 우선은 내가 무엇을 좋아하는지부터 어떤 식으로 사물을 인식하는지까지도. 그리고 그것들을 바탕으로 좋은 이야기를 쌓아가고 싶다. 남의 이야기를 돌보느라 미처 살펴보지 못한 나의 이야기들을. 누구에게나 시간은 공평하게 흘러간다.

고성의 남작

혼자서 집에 오래 있다 보면 말을 하지 않게 된다. 성대라는 기관은 떨기 위해 존재하는 것일 텐데, 나의 그것은 그저 가만히 주인이 자기를 잊지 않았기를 바라며 때를 기다리는 것이 대부분인 생을 살고 있다. 오전부터 말을 하지 않고 저녁에 이르면 지친 성대가 아주 깊은 곳으로 가라앉아 단번에 떠오르지 못하는 상태가 되고 만다. 그런 상태로 그날 하루의 첫 단어를 말하는 순간을 기다린다.

깎아지른 듯한 절벽을 지나 어스름한 안개가 검은 공기를 에워싸고 있는 골짜기에 도달하면 비로소 보이는 커다랗고 낡은 성이 있다. 과거의 영화를 잊지 않았다는 듯 줄지어 서 있는 대리석상은 이제는 형태를 알아볼 수 없다. "끼이이" 하고 비명을 지르는 듯한 무거운 문을 온몸으로 밀고 들어간 곳에는 어둠만 짙게 깔려 있다. 이따금 높이를 알 수 없는 천장에서 박

쥐들이 퍼드덕거리며 날아간다. 무거운 공기에 짓눌려 바닥에 주저앉고 싶은 심정일 즈음, 천천히 계단을 두드리는 소리와 함께 한 남자가 등장한다. 수염을 아주 멋지게 길렀다. 매일같이 손질하는 모양인지 끝부분이 날카롭고 모양새가 잡혀 있다. 오랜 세월 동안 성은 무심히도 낡았지만 남자의 기품은 여전히 단단해 보였다. 달빛에 얼굴이 반쯤 드러난 상태로 계단에 기대어 팔짱을 끼고 나를 물끄러미 바라보던 남자는 이윽고 천천히 입을 뗀다.

바로 이 순간이다. 이 순간을 위해 나는 온전히 하루를 잠자코 기다렸다. 어떤 단어를 꺼내 들어도 고성에서 홀로 사는 멋진 수염을 기른 중후한 남작 같은 소리를 내게 된다. 나는 이것이 꽤 즐거워 하루의 첫 단어를 신중하게 골라서 말하곤 한다. 푹 잠긴 목소리로 멋들어진 단어를 발음하는 작은 기쁨. 태어나면서부터 멋진 목소리를 지닌 사람은 결코 이해할 수 없는 그런 종류의 기쁨일 것이다. 목소리가 제 궤도에 오를 때까지 몇 번이고 즐겁게 소리를 내본다.

박제

뒷자리에 나란히 앉은 아주머니 세 분의 이야기가 버스 안을 가득 메우고 있다. 셋이서 어찌나 크게 말하는지 내 의지와는 상관없이 이야기를 엿듣게 되었다. 조용히 별이나 쬐려던 나의 계획은 무참히 무너져버렸다. 지루하게도 이야기는 뻔한 자랑–자랑–자랑 대결로 이어져 최후에는 자식 자랑 대결로 매듭이 지어졌다. 그중 가장 목소리가 큰 아주머니의 자식이 가장 대단했다. 아무도 물어보지 않았고 아무도 궁금하지 않았던 그 자식의 대단함을 버스 안의 모든 사람이 뼈저리게 느끼게 되었다.

잠시 침묵이 흐르고 불현듯 누군가가 자신의 망한 이야기를 꺼냈다. "그래도 자식이 착한 게 어디야"라는 말로 불쾌한 위로를 받은 것이 분했는지 망한 이야기는 꽤 자극적이고 강렬했다. "시아버지한테 사기를 당해 아파트가 경매에 부쳐지고 이혼에 이르렀다"는 아침 드라마 같은 이야기는 모두의 동정을 사기에 충분했다. 조용히 이야기를 경청하던 아까 그 목소리 큰 아주머니가 자신의 이야기를 꺼내기 전까지는.

외환 위기 시절 헐값에 나온 낚싯배 정보를 우연히 얻어 낚싯배 사업을 시작했다는 것부터 비범했다. 그 후 겪은 우여곡절은 너무나 흥미진진해서 도저히 듣지 않을 수가 없었다. 특히 경비정에 쫓겨 추격전을 펼친 끝에 밧줄을 길게 늘어뜨려 바다로 뛰어들었다는 대목에 이르러서는 나도 모르게 몸과 귀가 그쪽으로 한껏 기울었을 정도였다. 이야기를 듣는 나머지 두 아주머니도 경쟁은 까맣게 잊고 고개를 주억거리며 감탄사를 연발, 순순히 패배를 인정했다.

시간이 지나면 괴로운 일들도 박제화되어 영광의 트로피가 될 수도 있다고 생각하니 기분이 묘해졌다. 이어지는 질병 대결도 마저 듣고 싶었지만 이미 목적지를 두 정거장이나 지나친 참이었다. 하마터면 중요한 미팅에 늦을 뻔했다.

쟈카드 돗자리

얼마 전, 지하철에서 '쟈카드 돗자리'를 팔던 아저씨가 떠오른다. 지하철에서 상품을 파는 사람은 또 오랜만이다. 문이 치익 하고 열리더니 갑자기 단출한 가방을 멘 아저씨가 등장했다. 등장이라는 단어 외에는 생각나는 표현이 없다. 양팔과 다리 부위에 각각 동그랗게 말린 두루마기 같은 것이 붙어 있는 괴상한 모습이었다. 모두의 주목을 받기에 충분했다.

약간의 침묵이 흐른 후, 주위를 그윽하게 둘러보던 아저씨가 가만히 입을 떼는 순간 모두가 빨려 들어갔고, 팔다리에서 마술처럼 돗자리가 펼쳐졌다. 무엇에 홀린 듯이 일곱 명이 돗자리를 샀다. 까딱했으면 나도 살 뻔했다. 고백하자면 내 순서가 오기도 전에 가지고 있던 돗자리가 다 팔려서 사지 못한 것이다. 쟈카드가 무엇인지, 돗자리를 대체 어디에 사용할 것인지는 중요하지 않았다. 왠지 이것을 사지 않으면 불편한 일이 반드시 생길 것 같은 그 언변이 실로 대단했다. 판매하기 위한 조미료 같은 허풍 하나 없이, 이걸 사야 하나 의심이 들 때면 어김없이 튀어나오는 농담들이 그 칸의 모든 사람을 유연하게 관통했다. 아저씨가 사라진 공간에는 영문을 알 수 없는 돗자리를 손에 든 사람들만 덩그러니 남아 있었다.

하여간 말을 잘하는 사람은 언제나 신기하다. 한 사람이 공기를 진동시켜 그 공간의 모두를 휘어잡을 수 있다니 대단한 광경 아닌가. 노력한다고 되는 문제는 아닌 것 같으니 더욱 부러워진다. 가능하다면 나한테도 조금 나눠주면 좋을 텐데.

점심을 먹고 몇 가지 살 것도 있고 해서 동네 작은 마트에 들렀다. 작은 공간을 반으로 갈라 한쪽에서는 당근이나 양파 따위를 팔고 있었는데, 어떤 아주머니 한 분이 마이크를 잡고 기가 막히게 말씀을 하고 계신다. 요즘 같은 때도 저렇게 호객 행위를 하는구나. 예전에나 볼 수 있었던 풍경인 것 같은데. 살 것도 아니면서 괜히 검은흙이 잔뜩 묻어 있는 햇감자를 집게로 하나하나 뒤집어본다. 생각보다 아주머니의 말투가 듣기 좋다. 딱딱 끊기는, 긴장감 없이 단어들이 부드럽게 이어진다. 나도 모르게 잠시 귀 기울이다가,

"오늘 나물 조물조물 야물딱지게 무쳐 드셔보

지 않으시렵니까아~?"

이 대목에서 나도 모르게 "푸흡" 하고 웃음이 터져나왔다. 어쩌면 이렇게 말을 잘하지, 청산유수다. 주위를 둘러보니 모두가 일제히 웃음을 머금고 있다.

사소한 일

아주 사소한 일이었다. 신발 안에 작게 부러진 나뭇조각이 들어간 것처럼 그것이 끊임없이 나를 붙잡아 세웠다. 마음의 미로를 절뚝거리며 헤매는 시간이 더디게 흘러간다. 참을 수가 없다. 내 마음대로 다룰 수 없는 문제들은 언제나 곤란하다.

이럴 때는 샤워만 한 게 없지. 골똘히 그것을 떠올리며 양치를 하고 있는데 갑자기 기침이 터져나온다. 그리고 뒤이어 작은 방울 여섯 개가 입에서 튀어나와 천천히 세면대 위로 내려앉았다. 짧은 시간이었지만 그 장면을 보고 있는 순간이 이상하게 길게 느껴졌다. 예고하지 않은 때와 장소에서 원인을 알 수 없는 결과가 벌어지는 것이 당혹스러웠다. 닭이 달걀을 처음 낳았을 때 이런 기분이었으려나. 이게 왜 여기서 나왔지 하는. 전혀 기대하지 않은 장면이라 웃음이 뒤늦게 따라나왔다. 별로 웃긴 장면도 아닌데 우두커니 한

참을 웃고 서 있었다.

하루 종일 나를 찔러대던 그 사소한 고민이 무엇이었는지 까맣게 잊고 말았다. 의자와 책상 높이가 서로 미묘하게 맞지 않는 것 때문이었나? 아냐, 카레를 자주 먹었더니 왠지 모르게 이빨이 노랗게 된 것 같은 기분 때문이었던가? 그런 것 같기도 하고. 기억이 나질 않는다. 사소한 것이 사소한 것에 의해 덧없이 휘발되고 말았다.

옷을 입는 순서

옷을 입다 말고 의자에 걸터앉아 어떤 순서로 옷을 입는 것이 가장 효율적인지를 고민하기 시작했다. 이미 오랜 시간에 걸쳐 단단하게 자리 잡힌 순서를 굳이 바꿀 필요가 있겠냐마는, 멀쩡한 집 안 가구 배치를 괜히 한번 바꿔보는 것과 다르지 않다. 불현듯 그런 마음이 들 때가 있다.

일단 먼저 속옷을 입는다. 이것은 거역할 수 없는 흐름이니까. 순서를 미루면 히어로 내지는 변태가 된다. 속옷을 입고 나서 나는 꼭 양말을 신는다. 무슨 의미가 있냐고 묻는다면 할 말이 없다. 발이 소중해서? 아니다. 그냥 정신을 차리고 보면 그런 모양새가 되어 있다. 속옷을 입고 양말을 신는 단계에서 이미 효율과는 거리가 멀다. 그다음에는 가벼운 상의를 입는다. 그리고 바지를, 필요에 따라 두꺼운 상의와 외투를 입는다. 중요한 것은 바지를 가장 마지막에 입는다는 것인데, 어느 때는 외투까지 입고 가방도 든 뒤에 바지를 입는 경우도 있다. 의미를 알 수 없다. 그래서 종종 바지를 입지 않고 외출하는 악몽을 꾸곤 한다. 현실에서도 집을 나오면서 꼭 주머니에 손을 넣어본다. 주머니가 없으면 바지도 없다는 것이니까. 하나하나 되짚어 보고 여러 순서로 입어보다가 결국 그만두었다. 애초에 옷 입는 순서와 효율이라는 단어를 함께 쓸 수 있기나 한 건가.

만일 씻는 순서라면 이야기가 달라진다. 사람의 몸 한가운데에는 털이 수북한 부위가 있는데, 마치 그러라고 붙어 있는 것처럼 거품을 내기에 딱 알맞다. 어쩌면 그렇게 털도 곱슬곱슬하니 거품이 잘 나는 구조인지. 진화론자와 창조론자 모두 각자의 이유로 고개를 끄덕일 만한 모양새이다. 그곳에 비누로 거품을 내고 온몸에 쓱 하니 펴 바르면 끝이다. 시간도 가장 빠르고 굴곡이 많은 몸을 다루기에는 이만한 방법이 없다. 언젠가는 다른 사람들은 어떻게 씻는지 갑자기 궁금해져서 그토록 싫어하는 공중목욕탕에 가본 적이 있다. 옷을 입는 역순으로 바지까지 훌훌 벗고 나서 탕에 들어가 악어처럼 눈만 내민 채 눈동자를 이리저리 굴려보니 과연 내 예상이 틀리지 않았다. 대부분의 사람이 가운데 수풀에 거품을 내어 온몸에 펴 바르고 있었다. 간혹 겨드랑이 털부터 거품을 내는 사람도 있었지만 효율로 생각해보면 그거나그거나. 노인부터 아이까지 모두가 열심히 같은 방식으로 거품을 내고 있었다. 왠지 시들해졌다.

벗어둔 옷을 다른 순서로 다시 한번 입어본다. 여전히 의미 불명이지만 낯선 기분이 썩 나쁘지 않다. 어느 곳으로 가든 같은 곳에 도착한다면 이리저리 쏘다니는 것도 해볼 만한 일이지. 왠지 모를 흥미가 생겨난다. 내일은 가장 먼저 양말을 신어볼까.

코끼리 코

밤새도록 구토와 어지럼증에 시달렸다. 자다가 화장실에 가기 위해 벌떡 일어났더니 바닥이 반시계 방향으로 솟아오르고 있었다. "역시 세상은 나를 중심으로 돌고 있군" 하고 중얼거리며 그대로 사선으로 걷다가 신발장에 부딪쳤다. 얼마나 세게 부딪쳤던지 그 충격으로 신발장 문이 덜컹하면서 아주 잠깐 열렸는데, 그 틈으로 이제는 신지 않는 워커의 뒷굽이 보였다. 유난히 바깥쪽이 비스듬히 닳아 있는 뒷굽을 보며 '휜 다리 교정 치료'라는 단어가 떠올랐다. 하필 왜 그 순간에 그 단어가 떠올랐는지 모르겠다.

이런 상황에서는 사랑하는 사람을 떠올린다거나, 바닥에 위험한 물건은 없는지 하는 생각을 할 줄 알았는데 휜 다리 교정 치료라니…. 헛웃음이 나왔다. 하릴없이 켜진 현관등이 나를 처연히 비추고 있었다.

증세는 점점 심각해져 앉아 있기도 어려운 지

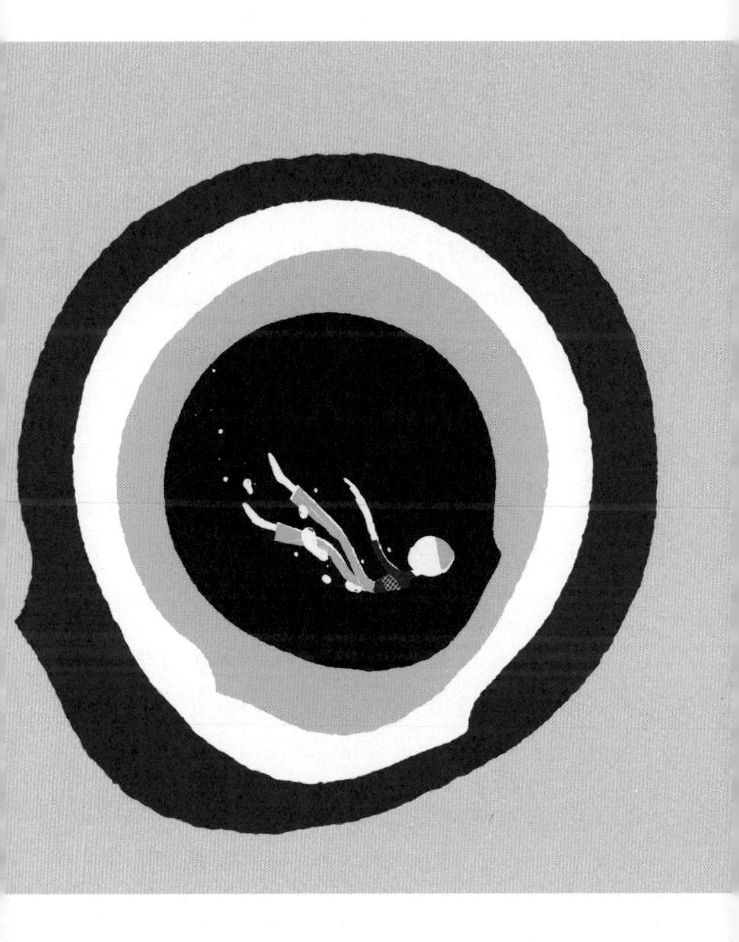

경이 되었다. 애꿎은 변기를 부여잡고 토악질을 하고는 침대로 기어가다 다시 돌아와 변기에 입 맞추는 과정을 서너 차례 반복하고서야 심각성을 깨달았다. 어지럼증과 구토가 함께 오면 뇌 관련 증세라던데…. 아직 마치지 못한 그림책과 어제 그리다 만 그림이 떠올랐다. 그런 개떡 같은 것을 유작으로 남기다니 왠지 분했다. 코끼리 코를 스무 번 돌고 난 후의 풍경이 마치 내 주위를 빙글빙글 돌며 나를 비웃는 것 같았다. 그러게 열심히 하지 그랬어. 쯧쯧. 공교롭게도 아내는 집에 없었고 얼어죽은 아이폰만 꺼멓게 등을 돌리고 누워 있었다. 그 곁에 사무치게 외로운 내가 바스락거리며 죽어가고 있었다.

슬프지는 않았다. 못 해본 건 많았지만 그렇다고 미련이 남지는 않았다. 단지 외롭고 또 외로웠다. 고독이라는 게 형태가 있다면 아마도 딱 이런 모양일 거야. 있는 힘을 다해 컴퓨터 앞으로 기어갔다. 죽기 전에 아내에게 꼭 유언을 남겨야만 했다. 이유 없이 평생 죄책감을 느낄 것이 분명한 아내에게 네 탓이 아니라고, 어쩌다 보니 네가 없을 때 일이 이렇게 되었노라고 말해주고 싶었다. 그러나 애석하게도 토를 해가며 기어간 보람도 없이 소파 근처에서 나는 그만 정신을 잃고 말았다.

좋은 인생이었다. 건강한 몸으로 자연사하는 것만큼 훌륭한 것이 또 어디 있나. 마지막에 떠올린 것이 흰 다리 따위가 아니라 아내라는 것만으로도 감사했다. 과정은 황당했지만 끝은 아름다웠다.

아침부터 화재 비상경보가 온 건물을 뒤흔들어 반팔로, 맨발에 슬리퍼 차림으로 비상계단을 날 듯이 뛰쳐나왔다. 표정이 상기된 사람들이 웅성웅성 관리실 앞에 서 있었다. 아침부터 이게 웬 난리람. 이빨을 딱딱 거리며 짜증 섞인 표정으로 몸을 웅크리고 앉아 있다가 깨달았다. 나는 살아남았다. 거짓말처럼 세상이 멈춰 있었다. 불과 몇 시간 전에 있었던 일이 꿈이 아니라는 듯 콧속은 불쾌한 위산 냄새로 가득했다. 시선을 돌려 닭살 돋은 팔을, 붉은 손끝을 천천히 바라보았다. 이처럼 아름다운 것이 또 있었던가. 여봐란 듯이 한 발로 깡충거리며 집으로 돌아왔다.

이석증

얼마 전, 나를 저 머나먼 곳으로 데려갈 뻔했던 고통은 아마도 '이석증'이었다고 생각한다. 머리에 충격이 있었다면 뇌진탕 증세에 가까웠겠지만, 동그랗게 빙글빙글 돌아가는 어지럼의 형태와 자리에 누웠을 때 더욱 증세가 심해졌다는 점, 그리고 특정 자세로 돌아누울 때 증세가 완화되었다는 것 등으로 미루어보아 그렇게 추측해볼 뿐이다.

들어는 봤나, 이석증. 사람 이름 같기도 하고 하여간 참 멋대가리 없는 이름이다. 모야모야병처럼 이름이라도 듣기 좋게 만들면 좋았을 텐데(실제로는 무서운 병이다). 병의 이름 따위는 별 의미가 없지만서도. 아무튼 덕분에 대단한 밤이었다. 죽음이 빨간 혀를 내밀어 나를 휘감아서는 한참을 질겅질겅 씹다가 뱉어냈다.

재발할 가능성이 높은 병이라길래 하루 종일 열심히 찾아봤다. 그리다 만 개떡 같았던 그림을 완성

하는 것이 가장 우선이었을 텐데 막상 상황이 이렇게 되니 이유 모를 느긋함이 생겨난다. 간사한 마음이 춤을 춘다. 짐짓 모른 척하고는 여유롭게 계속 검색을 하며 마시지도 않던 홍차까지 따뜻하게 우려내어 아끼던 컵에 담아낸다.

온종일 여기저기서 찾아낸 정보에 따르면, 이 병은 귓속에서 평형감각을 유지해주는 아주 작은 돌이 제자리에서 떨어져 나오면서 생긴다고 한다. 떨어져 나온 돌이 자신의 자리가 아닌 곳에 들어가 있는 상태에서 고개를 순간적으로 움직일 때, 그곳의 림프액을 마구 휘저어 자신의 본체인 인간의 정신도 동시에 휘저어버리는 것이다. 눈에 보이지도 않을 그 조그만 칼슘 조각 하나 때문에 이 사단이 벌어졌다 생각하니 참으로 어이가 없다. 작은 돌 부스러기로 이 커다란 몸이 꼼짝도 할 수 없다는 사실이 한편으로는 오싹하기도 하고.

아내에게 이 이야기를 들려줬더니 깔깔거리며 웃고는 돌머리에서 부스러기가 떨어진 것이니 겸허히 받아들여야 한다는 이상한 농담을 던진다. "그래? 그럼 너도 공부해둬. 남의 일이 아니야"라고 받아쳤다. 시답잖은 농담을 주고받으니 무서운 마음이 금세 사라진다. 내 몸 하나 마음대로 조절할 수 없다는 것을 새삼 깨달으니 오늘의 소소한 행복이 너무나 소중해진다. 때로는 작은 것들로 무너지는 날도 있을 테고 언젠가는 반드시 외롭게 홀로 죽겠지만, 이런 순간순간의 작은 행복들이 그날의 나를 구원할 테지. 쓰러진 그날 밤, 나를 짓누르던 공포는 어쩌면 고독이었을지도 모르겠다.

비누의 영혼

쓰던 비누가 거의 다 닳았다. 거품이 잘 나지 않는 비누를 손톱으로 잘게 으깬다. 무의미한 행동들. 희미해져 가는 비누의 영혼을 좋은 곳으로 보내주려는 의식인 양 시간을 들여 매만진다. 처음 만났을 때의 모양이 떠오르지 않는다. 그때는 지금과 다르게 어느 곳은 둥글고 때때로 각져 있었겠지. 작은 조각이 되도록 나를 위해 열심히 살아줬구나. 고맙다.

마지막 거품을 내려고 비누를 몸에 갖다 대는데 그만 씻는 순서를 잊고 말았다. 한평생 한 가지 방식으로 씻어왔는데 어떻게 잊어버릴 수가 있지? 아직 젊은데 큰일이다. 어떤 순서로 씻었더라…. 고민할수록 더욱더 기억나지 않는다. 습관이라는 녀석이 한평생 주목받지 못하다가 갑자기 시선을 받으니 당황한 모양이다. 반쯤 포기하고 욕조에 물을 받았다. 뿌옇게 김이 서린 우윳빛 물에 머리까지 폭 담가본다.

계획 없이 숨을 참고 웅웅거리는 거실의 소리를 들으며 누워 있다. 몸에 맺힌 작은 방울들이 간지럽다. 금세 기분이 좋아진다. 나는 눈을 감고 마음 깊은 곳에 자리 잡은 검고 푸른 수면 아래로 한없이 유영한다. 오래된 샤워기의 틈으로 물이 새어 나와 노크하듯 똑똑 떨어진다. 언제까지고 좁은 욕조에 웅크려 있고 싶지만, 물이 식기 전에 일어난다. 이별을 피할 수 없는 것들은 아쉬움이 남기 전에 매듭을 지어야 한다.

비누를 자연스럽게 집어 몸 구석구석을 닦는다. 아, 드디어 생각났다. 작은 비누 조각이 마지막 거품과 함께 소리 없이 흩어진다.

마음먹기에 달렸다고?

매일같이 지나치는 찜질방 앞에 커다란 현수막이 걸려 있는 것을 발견했다. 노란 바탕에 검고 붉은 글씨로 큼지막하게 "연간 회원권!! 99만 원!!!" 하고 적혀 있다. 음, 찜질방을 연간 회원권까지 끊어서 갈 일인가? 나는 더운 것을 싫어해서 매일같이 찜질을 해야 한다고 생각하면 그만한 지옥이 없다. 만일 내가 아무도 모르는 곳에 숨겨놓은 보물 지도를 갖고 있다 하더라도, 나를 방에 가둬놓고 난방을 최대로 올려 일주일만 놔두면 모든 것을 술술 불 사람이다. 일제강점기에 태어나지 않은 것을 다행으로 여긴다.

그나저나 99만 원이라니, 배짱이 대단하다고 생각했다. 집에 와서 아내에게 조금 전 본 것을 이야기했더니 "그 정도면 할 만하지"라는 답변이 돌아왔다. 음? 그럴 리가. 어머니에게 물어봤더니 더 들을 것도 없이 천국이 그곳이라는 반응을 보이셨다. 어째서인지

아들 집에 오는 것을 그렇게도 싫어하시더니 대번에 마음이 누그러지셨다. 일종의 마법 같았다. 누군가에게 지옥인 곳이 누군가에겐 천국이 될 수 있다니. 사는 것이 마음먹기에 달린 건지도 모르겠다. 그럼 나도 오늘부터 좋아해볼까? 기세 좋게 전기장판을 최대로 올리고 낮잠을 자다 불에 타 죽는 꿈을 꿨다.

감각과 온도

컵을 모으는 취미가 생겼다. 새로운 취미가 생겼다는 것이 우선 기쁘다. 나로 말할 것 같으면 중독적인 것에 유난히 흥미가 없는 심드렁한 사람이다. 자기애가 강해서 그런가? 본질적으로는 그렇다. 아쉬움이 늘어뜨린 그림자 안에서 심드렁하게 살아왔다. 좋아하지 않는 것을 억지로 좋아한다고 말하기에는 나를 배신하는 것 같아 그냥 자연스럽게 흘러가도록 뒀다. 자기애가 강한 사람은 자신을 잃어버리면 그길로 끝이다. 커피도, 담배도, 술도, 게임도 나와는 다른 곳에 놓여 있다. 좋아하고는 싶은데 금세 질리고 만다. 흥미가 생겼다 싶으면 어느새 사라지고 없다.

아침에 일어나자마자 컵에 물을 찰랑찰랑하게 부어놓고 잠시 여유를 부리다 단숨에 들이켠다. 그러고는 물이 사라진 컵 안쪽을 들여다본다. 손안에 착 들어오는 감각, 미처 따라오지 못한 채 벽면에 동그랗게 맺힌 물방울, 모두 매력적이다. 그뿐인가. 물을 조금 담아 볕이 잘 드는 곳에 잠시 놓아두면 컵의 본질이 드러난다. 컵의 영혼이 고스란히 바닥에 펼쳐진다. 납작하면서 도드라지는 빛이 나의 시선과 정신을 모두 앗아간다. 질리지도 않고 몇 달째 매일같이 반복하고 있다.

취미는 늘 취향의 손을 놓지 않는다. 처음부터 두 녀석이 함께 등장한다. 이 새로운 취미도 그랬다. 시작은 도쿄 나카메구로에서 우연히 들어간 작은 숍의 창가에 크기별로 늘어서 있는 컵을 발견했을 때부터였다. 보는 순간 아름답다고 느꼈다. 일본 사람은 재주도 좋네. 이곳에서 태어났더라면 나는 반드시 장인이 되었을 거라고 생각했다. 기다란 대롱을 입에 대고 얼굴이 빨개지도록 푸-후- 하고 불어 유리를 만들어내는 모습이 잠시 머릿속에 스쳐갔다. 가보지 않은 길을 상상해보는 것은 왜 이렇게 즐거울까. 그 장면에 숨어 있는 매캐한 연기와 뜨거운 온도를 모른 척하고 있기 때문일까.

그 아름다운 컵을 가볍게 쥐어본다. 가볍게 쥐기에는 다소 커다란 크기. 하지만 금방이라도 부서질 것 같은 아슬아슬한 두께의 감각이 너무 황홀하다. 생각해본 적도 없었는데 이거다 싶은 취향이 이미 존재하고 있다는 사실에 놀랐다. 이것만 있다면 나는 무엇

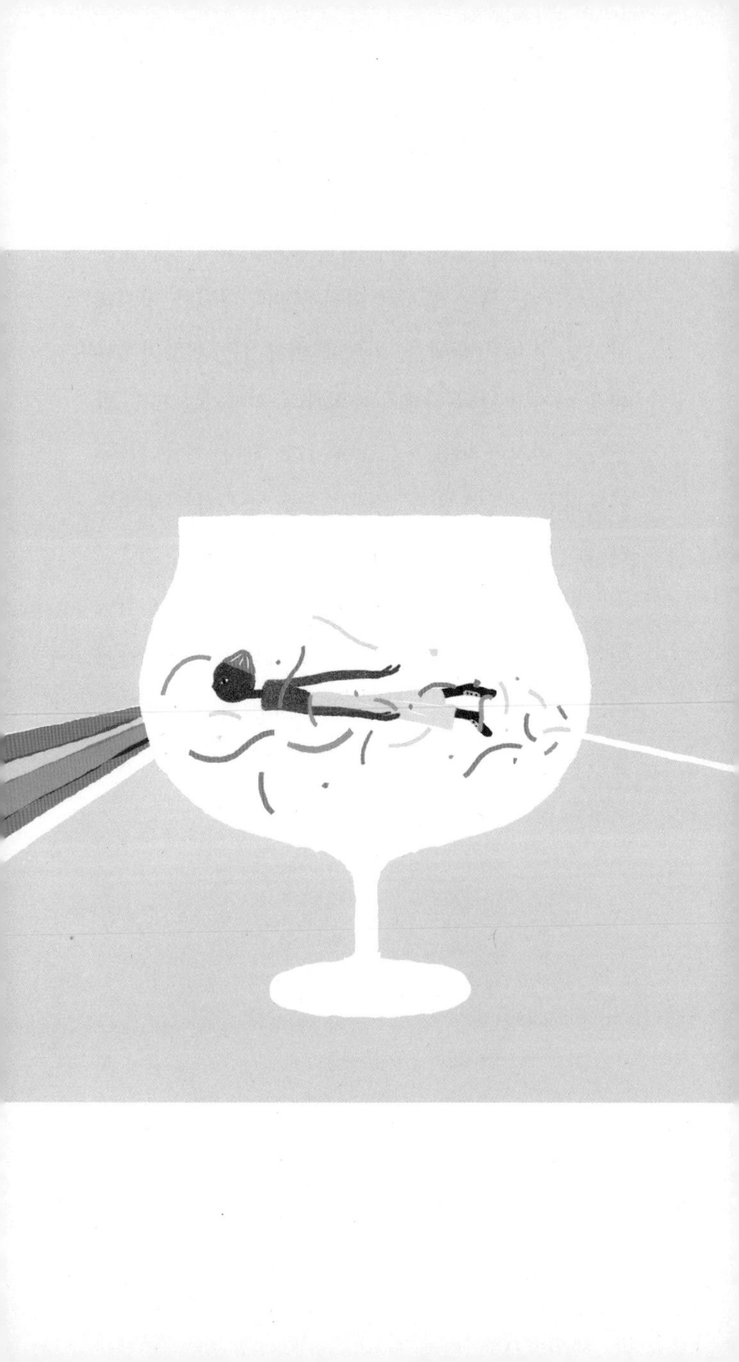

을 마시든 그전과는 다른 차원으로 즐길 수 있을 것이라는 확신이 들었다. 미각에 더해 컵을 쥐는 감각과 온도까지 느낄 수 있다는 것에 눈이 부셨다.

어느새 '이런 것에 가격을 매기다니 당신들은 속물이군요' 하는 심정이 되어버렸다. 하지만 정신을 차려보니 과연 비싸다. 가치에 비해서는 헐값이지만 여행 마지막 날의 나에게는 비쌌다. 언젠가는 사고 말겠다는 질척한 마음만 그곳에 두고 왔다. 아름다움에 매료되어 한동안 앓던 끝에 그것을 소유하는 과정도 하나의 즐거움이지 않을까.

이제는 어딜 가도 컵을 유심히 살펴본다. 취향이 점점 확고해져 간다. 매일같이 스쳐 지나간 컵들에 의미가 담긴다. 아아, 비로소 나에게도 취미가 생겼다. 말라붙은 나의 하루에 작고, 일상적이고, 근사한 것이 찾아온 것이다.

달걀말이와 파스타

글을 쓰는 것은 요리를 하는 것과 닮아 있다. 단편적인 것을 한데 그러모아 정해진 그릇 안에 담아내기만 하면 된다. 그저 좋아하는 재료들을 주섬주섬 모아뒀다가 필요한 때에 적절히 버무리면 되는 일이다. 좋은 글을 쓰기 위해 여러모로 애써보고 있는데, 마음대로 잘되지 않는다. 글을 쓰는 것을 직업으로 삼은 사람이 아니어서 글의 깊이나 가치에 그리 민감하지 않아도 되니 마음은 편하다. 파인 다이닝이 아니더라도 달걀말이와 장조림 정도를 맛있게 차려낼 수 있다면 그만이다.

하지만 그럼에도 가끔은 그럴듯한 요리를, 이를테면 파스타처럼 손에 닿는 가장자리 어딘가에 존재하는 것을 만들어내고 싶은 이상한 욕망이 마음 깊이 자리한다. 언제 들어왔는지 모르겠지만 어느 순간부터 자연스레 구석에 앉아 때마다 불쑥불쑥 몸을 일으켜 나에게 다가온다. 어쩔 수 없다. 등 떠 밀리듯 우선 팬을 꺼내고 얇은 면과 마늘이나 후추, 올리브유 등을 취향껏 꺼낸다. 척척 잘도 꺼내놓는다. 거부할 수 없는 욕망이었지만 내심 기다려왔는지도 모른다.

여러 가지 시행착오를 거쳐 만든 나만의 레시피가 있지만, 언제나 세심히 주의를 기울이는 부분은 바로 간 보는 일이다. 재료 하나하나를 모두 입맛에 맞게 간하면 훌륭한 요리가 완성되는 경우도 있다. 하지만 대부분의 경우는 간이 과한 음식이 만들어진다. 각각의 재료가 모두 입맛에 맞더라도 그것들이 골고루 섞였을 때의 완성도는 조금 다른 문제인 것 같다. 면의 삶기나 소스의 풍미, 플레이팅 등도 중요한 요소지만 간이 맞지 않으면 그게 다 무슨 소용이람. 각각의 재료에 간을 맞추되 다소 심심한 정도를 유지하는 것이 제일이다. 그러면 볼품없어도 맛있는 파스타가 완성된다. 단숨에 그릇이 비워진다.

마음에 드는 단어들을 꺼내어 쭉 늘어세웠는데 그것이 영 탐탁지 않다. 분명 늘어세우는 방법이 서툴렀다거나 배합이 엉성했기 때문이겠지. 어쩌면 하나하나의 단어, 문장에 간을 너무 열심히 했는지도 모른다. 막힘없이 후루룩 넘기기에는 너무 과하다. 역시 익숙해지려면 시간이 필요한 것이려나.

단어들을 늘어놓았을 뿐인데 의미가 생기고 하나의 글이 완성된다는 사실만으로도 신기한 단계다. 맛깔스럽게 술술 잘 읽히는 글을 쓰려면 얼마만큼의 시간이 필요할지, 아직도 갈 길이 멀다.

네코지타

유난히 뜨거운 음식을 잘 먹지 못하는데, 오늘 책을 읽다가 우연히 '고양이 혀'라는 일본식 표현을 발견하고는 뛸 듯이 기뻐했다. '네코지타'라고 하던가. 그동안 바보 같은 혀라고만 생각했는데 엄연히 그것을 지칭하는 이름이 있다니! 남들처럼 얼큰하고 뜨뜻한 짬뽕을 한입에 들이켜진 못해도 '나는 고양이 혀니까 괜찮아'라는 느낌이다. 게다가 귀엽다. 세월이 흘러 머리가 홀러덩 벗겨진 노인이 되어 목소리가 큰 친구가 이끄는 대로 설렁탕집에 도란도란 모여앉아,

"넌 왜 안 먹고 그러고 있어?"

"이 자식 고양이 혀잖아."

"고양이 혀? 쯧쯧, 별수 없지. 대신 우리 다 먹으면 너만 남겨놓고 먼저 갈 테다."

"헤헤(머리를 긁적인다)."

이런 장면을 떠올려보면 왠지 즐겁다.

해달과 수달

저마다 이름이 있다. 아무리 작은 것일지라도 어엿하게 자신의 이름이 하나씩은 있다. 아주 비슷한 모양새를 지니고 있어도 약간의 차이가 있다면 분명 이름이 다르다. 남생이와 자라처럼, 너구리와 라쿤처럼, 해달과 수달처럼.

며칠 전 어머니께서 유리병에 모아둔 이름 모를 콩들을 하나하나 살펴보다가 별생각 없이 물었다.

"얘네들 이름은 뭐야?"

"노란 건 메-주-콩! 커다란 건 작-두-콩! 까만 건 서-리-태!"

콩에 강세를 주어 하나씩 일러주시는데, 마치 어린아이로 돌아간 기분이다.

"까만 건 두 종류인데?"

"아, 그 쬐그만 건 쥐눈이콩이지."

"이건 나도 알겠다. 팥이지?"

"아니, 그건 밤!콩!"

끙, 어렵다. 쥐눈이니 밤이니 메주니 잘도 이런 걸 갖다 붙였네. 그래도 이름 짓는 발상이 귀엽다. 딱딱한 한자를 조합해서 만드는 것보다 훨씬 재밌다. 간혹 모양을 달리하는 것은 이름이 여러 가지인 경우도 있다. 달이 그렇고 명태가 그렇다. 그러고 보면 세상 모든 것이 다 인간 위주로 돌아간다. 인간으로 모자라서 각각의 개체에 모두 이름을 붙이는 것만 봐도 그렇다. 세상에서 그런 식으로 이름 붙은 것은 인간밖에 없다.

나에게도 이름이 있다. 영문도 모른 채 어느 날 알게 된 나의 이름. 부모님이 붙여주신 소중한 이름이다. 기왕이면 '박치기왕'이라든지 '박살' 같은 유쾌한 이름이었으면 더 좋았겠지만 그래도 소중한 건 변함이 없다. 프리랜서 생활을 처음 시작했을 때는 잘 몰랐지만, 이름이라는 것은 첫인상을 결정하는 데 아주 큰 부분을 차지한다. 척 봐도 알겠지만 내 이름은 《성경》에서 따왔다. 당연히 한자가 없다. 영문에서 기원하는 이름이니 영문으로 표기하고 살아왔다. 그래서 해외 작가로 오해하시는 분이 가끔 있다. 첫 미팅 때 복잡한 표정으로 그런 이야기를 꺼내는 클라이언트를 몇 차례 만나봤다. 특별한 의도가 있었던 건 아니지만 딱히 불편한 건 없으니 그런 채로 8년째 활동하고 있다. 프리랜서로 살기에는 평범한 이름보다는 오히려 이편이 낫다. 외국에서는 철수 같은 흔한 이름이지만.

딱 한 번, 나도 필명을 만들어서 활동해볼까 하고 고민한 적이 있다. 학생 시절, 사진작가를 목표로 하던 때 선생님이 일을 소개해주신 적이 있었다. 구체적인 내용 언급 없이 전화로 이야기해보라고 번호를 하나 주셨기에 고민 없이 바로 전화를 걸었다. 일이라면 물불 안 가리고 달려들던 시절이었다. 몇 번의 통화음 끝에 어느 지긋하신 아주머니께서 수화기 저편에 등장하셨다. 꽃을 찍어야 한다고 했다. 꽃이라면 자신 있지. 정말 소중한 꽃이기에 돈보다는 마음을 다해 찍을 수 있는 사람이 필요하다고 했다. 마음 하면 또 접니다. 비밀을 잘 지킬 수 있는지 몇 번을 물어보시던 아주머니는 아주 가느다란 목소리로 속삭이듯 말했다.

"여긴 조계종의 ○○○인데요, 글쎄 저희 법당에 있는 부처님 몸에 생명이 태어났어요. 이것을 소중하게 기록하고 싶어서 적합한 사람을 찾는 중입니다."

너무 작은 목소리여서 내가 마치 지령을 받는 스파이인 줄 알았다. 그걸 '우담바라'라고 하던가. "그거 풀잠자리알이라던데요" 하고 말하고 싶었지만 꾹 참았다. 종교라는 것은 그런 것이다. 굳이 타인의 믿음을 방해하고 싶지 않았다. 그래도 일은 일이니까 잘해

봐야겠다고 생각하고 금액을 이야기한 뒤, 연락처를 넘기려는데 아차 싶었다. 도저히 내 이름을 말할 수가 없었다. 마음을 다한 척은 할 수 있겠지만, 이름을 숨길 수는 없는 노릇이었다. 당황한 나머지 급한 일이 있는 것처럼 다시 연락드리겠노라고 둘러대고 전화를 끊었다.

그리고 그날은 종일 자리에 누워 필명을 무엇으로 할지에 대해 계속 고민하다 까무룩 잠들었다. 아무리 고민해도 마땅한 이름이 떠오르지 않아 자연스레 없던 일이 되고 말았다. 어쩌면 그때 정하지 않은 것이 다행인지도 모르겠다. 중2병의 마음이 충만하던 그때, 그럴 듯하고도 괴상한 이름을 지어 지금 여기까지 왔다고 생각하면 참을 수가 없다. 정말 다행이다.

천장의 얼룩

오랜만에 고향 집에 내려왔다. 고향이라는 것에는 언제나 따뜻한 기운이 감돈다. 사랑하는 가족과 익숙한 공간이 그 어느 곳보다 나를 편안하게 만들어준다. 다소 먼 거리임에도 자주 찾아가는 이유이다. 그만한 가치가 있다.

부스럭거리는 소리에 단잠에서 깨어나 멍하니 허공을 응시했다. 이곳이 어디지? 잠시 눈을 붙였을 뿐인데 깊은 잠에 빠진 모양이다. 천장의 얼룩과 화장대 위에 서 있는 작은 마트료시카를 보고 이곳이 어디인지 겨우 알아차렸다. 어머니는 옆에서 커다란 바구니를 놓고 뭔가를 매만지고 계셨다.

"이거 다라이라고 불렀었는디 오랜만이여, 잉? 엄니."

대꾸도 안 하신다. 어색한 사투리를 써가며 질척거리는 나를 가볍게 흘려보내신다. 이 지난한 짝사랑은 끝을 알 수 없다. 바구니에는 여러 가지 콩이 가득하다. 여러 가지 콩을 한꺼번에 본 것은 처음이다. 각기 제멋대로 생겨서는 보기 좋게 어우러져 있다. 왠지 재미있어 보여 주섬주섬 곁에 자리 잡고 앉아 콩을 하나씩 까보다가 이내 지쳐 다시 드러누웠다. 그러거나 말거나 어머니는 여전히 즐거운 표정으로 콩들을 매만지고 계셨다. 씨앗을 심고 잡초를 하나하나 뽑아내며 여름 내내 길러낸 결과물이니 그 작은 콩들 하나하나가 소중한 것이겠지.

물끄러미 바라보다 몸을 일으켜 잠시 산책을 나갔다. 집 바로 뒤에는 커다란 강이 흐른다. 깊고 검은 물이 어디서부턴가 흘러와 어디론가 사라진다. 적당히 너른 돌을 골라 앉아 그것을 바라보고 있자니 선선한 바람이 이마에 서늘하게 머물렀다. 떨어지는 해가 강 건너편 산등성이에 닿을 듯 말 듯 걸려 있길래 아쉬운 마음에 시간을 들여 계속 바라보았다. 노을이 지는 과정을 세세하게 들여다본 것이 얼마 만인가. 여유로운 마음이 몸속에 가득 차올랐다.

어릴 때는 집 바로 뒤에 이런 광경이 있다는 것의 고마움을 모르고 살았다. 매일같이 펼쳐지는 광경. 따뜻한 것은 그것을 떠났을 때 비로소 소중함을 느끼게 된다. 어둑어둑해지니 강바람이 차가웠다. 느린 걸음으로 찌르륵거리는 풀벌레들의 소리를 들으며 집에 닿으니 어느새 저녁밥이 차려져 있다. 여러 종류의 콩이 따뜻한 밥 위에 가지런히 올라와 있다.

설거지

설거지는 이름부터 거지 같다.

달의 뒷면이 궁금한가요?

혀는 징그럽다. 사람 몸에서 어느 부분이 가장 징그럽냐고 묻는다면 주저 없이 이 부위를 꼽고 싶다. 압도적으로 징그럽다. 혀가 징그럽다는 사실을 안 것은 꽤 최근의 일이다. 사람은 생각보다 자신의 몸에 관심이 없다. 자신의 등을 자세히 들여다본 적이 있던가. 겨드랑이는? 무릎 뒤편은 또 어떻고. 그것들은 벌써 서른 해가 넘도록 미지의 영역에서 나를 움직이고 있었다. 철저한 무관심 속에서도 파업하는 일 없이 성실하게 일해주고 있었다니, 왠지 미안해진다.

고기를 양껏 입에 넣으며 눈을 감고 조용히 우물거리는 기분은 무엇과도 바꿀 수가 없다. 꿀맛 같은 낮잠도 비할 바가 못 된다. 열두 개들이 숙면 한 세트를 가져오면 조금 고민해볼 수도 있겠지만, 어쨌든 그 행동이 주는 행복감의 크기는 다른 것과 쉽게 맞바꿀 수 없다. 무엇보다 고기가 아닌가. 베란다를 열고 세렝

게티의 어딘가를 떠올리며 우적우적 씹어본다. 채식주의자들에게는 미안하지만 고기는 언제나 옳다.

여느 때처럼 입안 가득 고기를 물고 황홀감에 젖어 있다가 나도 모르게 혀를 깨물고 말았다. 아, 아. 천국과 지옥 사이 어딘가에서 피를 흘리며 이리저리 헤매는 내가 있었다. 황홀함의 깊이가 상처로 금세 차올랐다. 거울 앞에 서서 들여다본 나의 혀는 내가 우물거리던 고기와 크게 다르지 않았다. 나는 그때 처음으로 나의 혀를 자세히 살펴봤다. 이상하다. 혀가 원래 이렇게 생겼었나? 혀의 윗면이야 그렇다 쳐도 뒷면은 도저히 봐줄 수가 없다.

달의 뒷면이 궁금한가요? 당신의 입속에 그보다 더 신기한 것이 있습니다. 크기는 또 생각보다 커서 늘 입안에 있으면서도 용케 잘 씹히지도 않는다. 씹은 사람이 할 말은 아니지만. 요 해삼처럼 생긴 것이 평생 물에 잠겨 하루에도 몇 번씩 딱딱거리는 이빨을 피해 어둠 속에 웅크리고 있다고 생각하면 조금 안쓰럽다. 그리고 징그럽다. 어째서 과거의 인간들은 혀를 이용해서 남을 욕되게 하는 행동을 하지 않았을까. 이렇게나 괴상한 모습인데. 혀 밑바닥을 보여주는 것이 가운뎃손가락을 치켜세우는 것보다는 곱절로 기분 나쁘다. 골똘히 고민하며 나도 모르게 혀 밑바닥을 바깥으로 보이게 꺼내봤는데 그 이유를 알 것도 같다. 꽤 어렵다. 그리고 여전히 징그럽다.

생각보다 충격적인 모습이 머릿속에서 떠나질 않는다. 상대방의 말에 아무리 귀 기울여봐도 입속의 혀가 움직이는 모습이 눈에 보이는 것 같아 신경이 쓰인다. 칭찬을 들어도 왠지 기분이 이상하다. 해삼에게 칭찬받는 기분이랄까, 여러모로 곤란하다.

#3

금수저입니다, 멘탈 금수저

묘한 위화감

프리랜서로 일하다 보면 많은 사람을 만난다. 자의라기보다는 타의에 가까운 형태로 다양한 사람을 마주치고 스쳐 보낸다. 이쯤 되면 적응할 만도 한데 그게 그렇지가 않다. 이런 사람도 있구나 싶은 사람이 끊임없이 등장한다. 좋은 의미로든, 나쁜 의미로든. 나는 그럴 때마다 매번 한 발짝 떨어져 가만히 바라보곤 한다. 관조하는 것보다는 가깝고, 평가 내리는 것보다는 먼 자리에서. 물끄러미 응시하다 보면 보통은 그 사람의 진짜 모습이 수면 위로 드러난다.

언젠가 우연한 기회에 A를 만나게 되었다. 그럴듯한 차림새도, 잘생긴 외모도 아니었지만 아주 편한 인상을 풍겼다. 가끔 '탈'이 좋은 사람이 부럽다는 이야기를 하곤 하는데 A는 그런 면에서 완벽했다. 잘생기고 못생긴 것은 그리 중요하지 않다. 짧은 시간 안에 많은 사람을 사로잡으려면 편한 인상만 한 것이 없다. 사마귀 같은 나로서는 그저 부러울 따름이다. 그런가 하면 큰 웃음을 터뜨리는 농담 없이도 차분하고 재치 있게 분위기를 이끌어내는 말솜씨도 지녔다. 단숨에 그 공간을 자신으로 기분 좋게 가득 채운다. 단번에 호감이 갔다. '이런 사람도 있구나. 성공한 프리랜서라는 것은 이런 사람을 두고 말하는 것이겠지' 하고 생각했다.

그 뒤로도 꽤 자주 만날 기회가 있었다. 정확히 말하자면 A가 있는 자리에는 꼭 나가곤 했다. 그 만남은 언제나 즐거웠고 웃음이 가득했지만, 끝내 A와는 친해지지 못했다. 특별한 이유는 없었다. 그런 매력을 지닌 사람과 친해지지 않는 것이 외려 이상할 정도였으니까. 다만 뭔가 찜찜한 기분이 떠나지를 않았다. 아무리 응시해도 낮게 깔린 안개로 뒤덮인 수면 위로는 아무것도 떠오르지 않는다는 것, 그 묘한 위화감. 그뿐이었다.

느지막이 일어나 습관적으로 시리얼을 먹다가 문득 A가 떠올랐다. 왜 그랬을까? 시리얼과 A가 참 많이 닮아 있다고 생각했다. 좋아 보이는 듯한 것들로 뒤섞인 작고 달콤한 조각들이 짧은 외마디 소리와 함께 사라진다.

그나저나 시리얼이 과자에 비해 나은 점은 죄

책감이 덜하다는 것뿐이라는 것을 세 그릇째 퍼먹다가 깨달았다. 이럴 줄 알았으면 그냥 과자 한 봉지 신나게 먹을걸.

WIRED
CONFUSED
310g

가만히 눕는다

모 매체에서 보내준 질문지에 "스트레스를 받을 때는 무엇을 하시나요?"라는 항목이 적혀 있었다. 글쎄요, 내가 무엇으로 스트레스를 관리하고 있었을까. 잘 기억나지 않는 것을 보니 내심 기쁘다. 스트레스를 받아 기억에 남을 만큼 고생한 적이 거의 없었다는 것일 테니. "특별히 스트레스받는 일이 없었습니다"라고 쓰고 보니 뭔가 어색해서 잠시 지난날을 떠올려봤다. 가장 힘들었던 일이 뭐였더라? 생각해보니 꽤 있었다. 너무 당연해서 웃음이 나왔다. 기억에 남지 않았던 것은 내가 그것들을 잘 흘려보냈기 때문이다.

3년 전 여름, 가만히 앉아 있어도 땀이 등을 따라 줄줄 흐르는 날씨에 나는 지하철에서 연신 땀을 닦으며 전화기를 붙들고 있었다. 이미 네 차례 정도 시안을 거부당하고 다섯 번째 요구 사항을 받는 전화였던 것 같다. 네 차례의 시안은 담당자의 아이디어를 억지로 구겨 넣은 것들이었고, 그것들은 때마다 번뜩이는 아이디어였다. 아무런 예고도 없이, 작업을 진행하는 도중에 번개처럼 그의 여러 가지 제안이 번뜩이며 나를 내리쳤다. 아무도 책임을 지지 않는 딸꾹질 같은 돌발적인 아이디어들. 나는 지칠 대로 지쳐 있었고 결과물은 그야말로 처참했다. 수화기 너머에서는 익숙하고도 새로운 딸꾹질들이 번뜩이고 있었다. 이것은 더 이상 내가 감당할 수 있는 스트레스의 크기가 아님을 깨달았다. 몇 번을 참고 참고 달래다가 끝내 고성이 터져 나왔다. 그의 부당함에 대해 빠르게 조목조목 이야기했다. 돈은 받지 않아도 좋으니 이제 그만하겠다고 선언했다. 너무 흥분하면 말이 안 나오거나 더듬는 상황이 올 줄 알았는데, 의외로 더 선명해졌다. 같은 칸에 탄 사람들이 놀라서 일제히 나를 바라봤다. 부끄럽다거나 민폐를 끼쳤다는 생각보다 그저 지치고 또 지쳤다는 마음뿐이었다.

지하철이 나를 퉤- 뱉어내고 떠나갔다. 비틀비틀 너덜너덜해진 몸을 이끌고 벤치에 잠시 앉아 있다가 나도 모르게 잠이 들고 말았다. 얼마쯤 시간이 흘렀을까. 눈을 떴을 때 이상하게 마음이 어느 정도 정리가 되었음을 느꼈다. 활화산처럼 넘쳐흐르던 분노가 조용히 식어가고 있었다.

처음이자 마지막이었다. 클라이언트를 상대로 고성을 지른다거나 하는 행동은 분명 스트레스에 정면으로 맞서 이겨내려다가 벌어진 일이다. 그것이 나를 유연하게 비껴가도록 흘려보내는 방법을 잘 몰랐던 시절이었다.

그날 이후로 나는 스트레스가 찾아오면 일단 잠을 청한다. "으아악!" 하고 소리를 지르며 침대로 돌진할 때도 있다. 살며시 몸을 이완시키며 드러눕는 경우도 있다. 아무래도 상관없다. 잠시라도 좋으니 눈을 붙이고 나면 어느새 스트레스는 저만치 비껴나가 있다. 나는 그저 기지개를 쭉 켜고 방 안을 잠시 걸어보다가 그것을 차분히 지켜보기만 하면 되는 것이다.

답변을 지우고 "가만히 눕는다"로 수정했다. 다시 생각해도 좋은 방법이다. 꿀 같은 잠도 자고 건강도 지켜내는, 그저 가만히 있기만 하면 되는.

프로의 맛

운동을 하다가 뒤꿈치 부위에 통증이 생겨 병원을 찾았다. 치료에 대한 기대보다는 혹시나 뼈에 이상이 있는 것은 아닌지 확인도 할 겸. 아주 예전에 손가락이 골절되어 퉁퉁 부은 채로 3일을 버티다가 뒤늦게 병원에 간 적이 있었는데, 지금도 비가 오면 그 부위가 욱신거린다. 겨우 3일 늦었다고 평생 이렇게 벌받는 것은 꽤 가혹하지 않나 싶지만 어쩌겠나. 스스로를 탓해봤자 소용없으니 이내 받아들였다. 그 뒤로는 고통이 찾아올 때 만약이라는 것도 함께 찾아와 고통의 크기와 상관없이 이렇게 꼬박꼬박 병원을 방문하는 사람이 되고 말았다.

진료에 대한 기대를 버린 건 오래이다. 어떤 고통은 치료받기도 어려운 시대가 되었다. 미용과 중첩되는 기관이라면 더욱더 어렵다. 증상을 거의 들어보지도 않고 신경성, 혹은 알레르기성으로 시작하는 병명을 짤막하게 말해주고 이만 안녕이다. 개개인의 증세를 자세히 들어보고 처방해주기에는 돈 되는 일이, 치솟는 월세가, 밀려 있는 환자의 무게가 너무 무거운 것이겠지. 모든 의사가 그렇지는 않겠지만 대체로 이런 식이다.

요컨대 눈이 가려워 안과에 갈 때마다 모두 입을 모아 알레르기성 결막염이라고 처방해주던 나의 질병의 진짜 이름은 안검염이었다. 라섹을 해볼까 하고 우연히 들른 병원에서 내 눈을 유심히 살펴보더니 일러줬다. 가렵다고 말하지도 않았는데. 그리고 몇 년간 나를 괴롭히던 타칭 알레르기성 결막염은 제 이름을 찾음과 동시에 나를 떠났다. 이름을 찾아 다행이라는 듯 인사도 없이 황급히, 그림자도 남기지 않고 사라졌다. 만일 라섹이라는, 돈으로 불타는 횃불이 눈앞에 있는 안검염이라는 팻말을 희미하게 비춰주지 않았다면 나는 지금도 때마다 알레르기성 결막염을 치료하는 약을 먹고 바르고 있었을 테지. 이런 걸 순순히 받아들이기에는 너무 억울하다.

(병원 전문가인) 아내의 추천으로 들른 정형외과는 대기 시간이 1시간이라고 했다. 언뜻 보기에 대기자가 일곱 명도 안 되어 보였지만 다른 방도가 없으니 하릴없이 기다렸다. 이윽고 이름이 불리고 절뚝거리며

들어간 진료실에는 지긋한 흰머리의 의사 선생님이 나를 바라보고 있었다. 큰 기대 없이 뒤꿈치가 아프다고 에둘러 말했더니 좀 더 자세히 말해보라며 갑자기 내 발을 잡고 여기저기 눌러보셨다. 마치 발의 피부가 없는 것처럼 뼈를 하나하나 잡더니 (더듬더듬 찾는 느낌이 아니라) 넌지시 "갑자기 줄넘기 많이 하셨죠?" 하고 물으셨다. 나는 마술사의 손에서 사라진 동전을 자신의 귀에서 발견한 사람처럼 소스라치며 "네, 네!" 하고 외쳤다. 아닌 게 아니라 최근에 운동을 하면서 줄넘기를 갑자기 과하게 많이 한 터였다. 누가 시키지도 않았는데 선생님 소리가 절로 나왔다. 없던 존경심이 갑자기 온몸에 휘몰아쳤다.

의사 선생님의 귀신 같은 솜씨에 감탄할 겨를도 없이 엑스레이를 찍고 다시 자리에 앉았다. 잠시 뜸을 들이다 갑자기 모니터를 내 쪽으로 돌리더니 해부학책에 나올 법한 발의 뼈, 근육이 묘사된 그림을 보여주며 말씀을 이어나가셨다. 어째서 환자 수가 적은데도 대기 시간이 그렇게 길었는지 그제야 이해가 갔다. 차분하게 원인과 치료 방법을 설명하시는 그 모습이 감동스럽기까지 했다. 당연히 일반인이 이해할 수 없는 구조와 명칭들이니 그걸 설명해봤자 무슨 소용이겠나. 발에 뼈와 근육이 그렇게 많을 거라고는 생각도 못

해봤다. 그럼에도 최대한 이해하기 쉽게 천천히 설명하는 모습에 병원까지 절뚝거리며 찾아온 나의 고통스러운 마음은 순식간에 녹아내렸다. 몸이 고통받고 있을 때는 마음도 고통받는 경우가 대부분인데 이런 자상함, 아니 자상함까지도 필요 없고 증상을 자세히 들어주고 대처법을 일러주는 것만으로도 마음은 치료되기 마련인 것이다.

어느새 고통도 사라져 병원 문을 나서면 카이저 소제처럼 착착 하고 걸을 것 같은 기분이었다. 마지막으로 "운동하실 때 러닝화를 작게 신는 것도 문제예요" 하는 말씀에 다시 한번 뜨끔하며(작게 신었다) 엎드려 절하다시피 하고 병원을 나왔다. 다리의 고통은 여전했지만 실실 웃음이 새어 나왔다. 이런 게 바로 프로의 맛인가. 오랜만에 진짜 의사를 만나고 왔다.

바람이 많이 불어서

발리에 도착하자마자 가장 먼저 눈에 띈 것은 한 무리의 행글라이더였다. 그리고 그것이 연이라는 사실을 알아차리는 데는 그다지 오랜 시간이 걸리지 않았다. 공항으로 돌아오는 길에 한국말을 하는 현지인에게 왜 이렇게 연을 많이 날리느냐고 물었더니 "이 시기에 바람이 많이 불어서"라는 대답이 돌아왔다. 마치 '바람에는 당연히 연이지' 하는 표정으로. 단순한 답변이었지만 최근에 들은 말 중 가장 감동스러운 말이었다. 대번에 풍력발전소 같은 걸 떠올리던 내가 과연 창작에 어울리는 사람일까 하는 생각도 들었고.

모모의 생일

모모(개, 7세)는 일곱 살이다. 사실은 모모를 매우 사랑하지만 태어난 날을 기억하지 못하는 아내 덕분에 그냥 일곱 살로 하기로 했다. 어쩌면 여덟 살이나 그 이상일지도 모르지. 이따금씩 다리를 저는 걸 보면.

하루 종일 나와 집에서 함께 지내면서도 철저히 서로 내외하는 사이지만, 벌써 일곱 해가 지나도록 생일조차 없는 걸 안 후에는 내가 생일을 정해줬다. 그리고 1년에 한 번뿐인 생일에는 고구마를 선물하기로 했다. 더 맛있는 것이 잔뜩 있겠지만 모모는 고구마를 세상에서 제일 사랑한다. 불쌍한 것. 세상에서 제일 맛있는 건 갓 구워낸 브라우니야. 그리고 그보다 더 맛있는 건 브라우니를 한입 가득 물고 마시는 우유지. 모모는 개라서 초콜릿을 먹지 못하니까 내가 다 아쉽다.

"고-구-마?" 하고 말하면 모모는 신이 나서 톰슨가젤처럼 뛰기 시작한다. 고구마를 향한 열망이

이 조그만 동물의 네 발을 동시에 땅에서 떨어뜨려놓는다. 어떻게 고구마라는 단어를 알아듣는 걸까? 선물을 주려다 말고 주저앉아 세 글자로 된 단어들을 차례로 불러봤다.

"삼-겹-살."

"개-구-리."

"멍-청-이."

귓등으로도 안 듣는다. 그럼 억양이려나.

"말-미-잘?"

"소-갈-비?"

"탕-수-육?"

귀가 조금씩 움직인다. 옥석을 가려내려는 눈동자의 움직임이 예사롭지 않다. 그럼 이건 어떠냐.

"고-등-어?"

"고-구-려?"

"야-인-마?"

"모-구-마?"

모모는 '모구마'에서 그만 무너져버렸다. 침을 질질 흘리며 네 발로 뛰기 시작한다. 몇 번의 실험 끝에 모모는 고구마의 모음, 그러니까 'ㅗㅜㅏ'를 구분한다는 사실을 알아냈다. 그리고 고구마 중 두 가지 음절이 포함되어야만 네 발 뛰기가 가동한다는 사실도.

놀랍다. 나는 우연한 기회로 식탐이 지능 향상에 끼치는 영향을 발견해내고는 신이 나서 카테고리를 점점 세분화해가며 모모에게 말을 걸었다. 그러나 모모는 그런 나를 물끄러미 바라보다 한숨을 크게 한 번 내쉬더니 '개자식이…' 하는 표정으로 자기 집에 틀어박혔다.

내가 모모의 첫 생일을 망쳐버렸다.

#빼빼로데이

눈길이 닿는 모든 곳에서 빼빼로를 팔고 있는 11월이 돌아왔기에 집 앞 편의점에 들러 빼빼로를 하나 집어 들었다. 나는 원래 빼빼로를 좋아하니까 매년 이맘때가 되면 마치 생일을 맞은 듯한 기분이 든다. 한동안 꽤나 먹어치우겠구나 하는 기쁜 마음으로 계산대 앞에 서 있는데, 직원분이 몸을 앞으로 쑥 내밀더니 나지막이 내게 속삭였다.

"내일부터 5,000원에 다섯 개."

입을 아주 작게 놀려서 비밀 정보를 알려주는 듯한 모습과 그 눈망울엔 나에 대한 측은함이 넘칠 듯이 담겨 있어서 나는 그만 평소보다 과하게 맞장구를 치고 말았다. 말은 하지 않았지만 "우리 힘내봐요"라는 환청이 들리는 것만 같았다.

나는 원래 빼빼로를 좋아하는데. 빼빼로를 향한 순수한 나의 마음은 이 따위 시즌 한정으로 얼버무릴 수 있는 게 아닌데.

돌아오는 길에 참지 못하고 베어 먹은 빼빼로에서는 고맙고도 억울한 마음, 그리고 약간의 분함이 점철된 맛이 났다.

어머니와 배추밭

취미라고 강조하시던 어머니의 밭은 어느새 두 배로 늘어나 있었고, 매서운 칼바람에 가쓰오부시처럼 하늘거리는 배추 동산을 마주한 나는 할 말을 잃고 말았다. 4,000개의 배추 씨앗이 들어 있는 봉지를 하나 사서 뿌렸더니 이렇게 되었노라고 어머니는 수줍게 고백하셨다. 옅게 보이는 미소에서 뿌듯함을 숨길 수가 없었다.

'거짓말. 한 봉지 같은 두 봉지를 뿌리셨겠지요. 언뜻 봐도 5,000포기는 넘어 보입니다.'

귓가를 할퀴는 바람 속에서 나는 묵묵히 지옥 같은 배추를 날랐다. 이 녀석들은 싱그러운 녹색 잎사귀로 치장한 악마인가. 도무지 끝이 보이지 않았다. 무릎이 눈에 띄게 안 좋아지신 어머니에게 아무도 시키지 않는 일을 왜 자꾸 하시느냐고 잔소리를 거듭하다가 내가 그림 그리며 괴로워하는 것과 별반 다를 게 없다는 것을 깨닫고 그만두었다.

나의 걱정을 덜어내기 위해 어머니의 취미를 앗아가는 것은 너무나 이기적이다. 때때로 이렇게 잔소리 대신 조금씩 도와드리는 수밖에. 어머니가 오래오래 건강하게 취미 생활을 즐기셨으면 좋겠다. 작은 소망이 있다면 내년에 다시 이곳을 방문했을 때는 결과물이 조금은 달라져 있기를. 배추 대신 고구마라든지, 토마토 같은, 작고 아름다운 것들로. 어머니의 무릎도, 나의 허리도 모두 소중하다.

야키소바

자주 찾던 음식점의 메뉴에서 야키소바가 사라진 뒤로 매일같이 방황하는 나날들. 오늘같이 날카로운 바람의 모서리가 나를 난도질하는 날에는 더욱더 뜨거운 야키소바가 그리워진다.

추위를 뚫고 찾아가 야키소바 1인분을 포장한 뒤, 외투 소매에서 손가락만 간신히 내놓고 포장된 봉투를 달랑거리며 집에 돌아와 집이라는 것의 위대함을 온몸으로 느끼며 야키소바가 담긴 그릇을 여는데, 기특하게도 아직 따뜻한 온기를 유지하며 기름으로 반짝거리는 너를 마주하던 그때를 나는 아직도 기억해.

너는 마치 관우가 돌아올 때까지 초조해하지 않고 묵묵히 믿고 기다려준 그 술잔과도 같았지. 나는 그런 너를 접시에 덜 새도 없이 그만 입으로 와락 안아주고 말았는데. 보고 싶은 걸 꾹꾹 참고 아껴온 미드를 켜고, 입술을 번들거리며 느끼함에 지지 않도록 초생

강을 조금씩 베어 무는 그 따뜻한 즐거움이 오늘 같은
날은 유난히 더 그립다.

어른의 칭찬

왠지 오늘은 수면 마취를 하면 다시는 깨어나지 못할 것 같은 기분이 들었다. 가끔 그런 기분이 들 때가 있지 않나. 찜찜한 기분으로 무언가를 하는 것은 견딜 수가 없다. 그래서 나는 그만 산 채로 위내시경을 받고야 말았다. 마취를 해도 살아 있는 것에는 변함이 없지만, 결과론적으로 기술하자면 '산 채로'를 대체할 만한 단어가 떠오르지 않는다.

나는 엄마 배 속에서 웅크리고 있는 태아의 자세로 눈물과 침이 중력을 이기지 못하고 질질 떨어지는 것을 하릴없이 바라보고 있어야만 했다. 정확히 짚고 넘어가자면 울고 싶어서 운 것은 아니다. 따사로운 햇살이 가득한 나른하고 평온한 공원에서 갑자기 터져 나오는 분수대의 그것처럼 일시에, 엄청난 기세로, 예고도 없이 쏟아지고 말았다.

혹시라도 어떠한 이유에서든 나와 같은 선택을

하려는 바보들을 위해 지옥 같았던 그 시간을 좀 더 생생하게 묘사하고 싶지만, 이제 더 이상 기억하고 싶지 않다. 활어회를 시키면 옆에 같이 놔주는, 아가미가 움직이고 눈을 깜빡이는 생선 대가리를 떠올려줬으면 좋겠다.

비참하던 과정에 비해 결과는 너무나도 훌륭했다. 의사 선생님도 30대 초반의 위 상태라고는 볼 수 없다면서 너무 관리를 잘했다는 말을 했다. 어른이 되고 나서 다른 어른한테 칭찬받아본 게 언제였더라. 아닌 게 아니라 여러 장의 사진에서 보이는 나의 위는 붉고 티끌 한 점 없이 매끈하고 아름다웠다. 그럴 줄 알았다. 나는 겉으로 티는 내지 않았지만 사실은 내면이 순수하고 아름다운 사람이었던 것이다.

집에는 아무것도 없는데

대부분의 시간을 집에서 보낸다. 마치 한 마리 강아지처럼 집에서 나름대로 치열하게 살고 있다. "한국에는 사계절이 있다는데 과연 그렇습니까?" 하고 물어봐도 이상하지 않을 정도의 시간이다. 이대로라면 생의 마지막을 집에서 맞는다 해도 고개를 끄덕이며 납득할 수 있을 것 같다. 공교롭게도 나는 병원이 아니라 어머니가 사시는 집에서 태어났기 때문에 그것이 썩 나쁘지 않은 결말 같기도 하니 뭐. 앞뒤가 딱 들어맞는, 길고 긴 시간을 들여 완성한 간결한 농담을 보는 것 같아 마음에 든다. 기쁜 일도, 괴로운 일도, 사라져 버리고 싶었던 나날들도, 모두 집 안이라는 무대에서 막이 오르고 내린다.

왠지 모를 아쉬움에 시간을 내어 열심히 여기저기 돌아다녀보지만, 막상 밖에 나가 사람들을 만나고 이런저런 일들을 하다 보면 어느새 집에 돌아가 그림을 그리고 싶다는 생각에 빠진다. 나는 누구보다 나 자신을 잘 파악하고 있기 때문에 그런 생각이 대부분 쉽게 흩어지는 소망이라는 것을 알고 있지만, 그런 기분에 빠지는 것을 피할 수가 없다. 그 작은 마음의 뭉치가 한번 구르기 시작하면 걷잡을 수 없이 커져 순식간에 나를 집까지 휩쓸어간다. 사람 만나는 것을 무척 좋아하는 편인데도 종종 그렇게 된다. 이상하지. 집에는 아무것도 없는데.

가끔 강연 요청을 받거나 모임에 초대받는 경우가 있다. 물론 기쁘게 받아들인다. 나는 사람들과 이야기하는 시간을 너무나도 사랑한다. 예기치 않은 단비에 달팽이가 껍질을 벗고 꾸물꾸물 기어 나온다. 그런 날에는 관성을 이기지 못하고 집에 돌아와서까지 종알종알 떠들어댄다. 밤늦게까지 일하고 돌아온 아내를 붙잡고, 반쯤 감긴 눈으로 멍하니 나를 바라보는 모모를 붙잡고. 피곤할 법도 하건만 아내는 대체로 화를 잘 내지 않는 사람이라 적당히 나를 상대해주다가 어느새 깊은 잠에 빠져버린다. 현명한 사람. 모모도 "도로롱도로롱" 여느 때보다 이른 코골이를 시작한다.

나만 혼자 브레이크를 잃어버린 트럭처럼 노래도 불러보고, 마음에 드는 문장들을 가만히 소리 내어 보다 겨우 잠에 든다. 그리고 아침이 돌아오면 거짓말처럼 다시 집 안에서의 시간이 이어진다. 좋아하는 공간에서 오래 머물 수 있다는 것은 곱씹어볼수록 즐거운 일이다. 앞으로도 별일 없이 이렇게 좋아하는 공간에서 좋아하는 사람과 좋아하는 일을 하며 보낼 수 있으면 좋으련만. 뭐든 계획대로 되는 법이 없었지만.

볼트와 너트

세상에는 자세히 들여다보지 않으면 알 수 없는 일이 많다. 그런 것의 대부분은 너무나 자연스럽고 오랜 기간 동안 사람들의 곁에 있는 것이어서 특별히 의문을 품거나 제기할 여지가 없이 매끄럽게 이루어져 있다.

언젠가 볼트와 너트를 사러 철물점에 들른 적이 있다. 살면서 이런 나사들을 사는 경우가 얼마나 될지 모르겠지만, 나는 그날 처음 사봤다. '크기가 맞는 게 없으면 곤란한데' 하면서 필요한 부품들의 사이즈를 최대한 자세히 재고, 혹시 몰라 녹슬어서 다 망가진 기존의 나사들을 들고 간 참이었다. 해변가에서 조개를 주운 소년처럼 가지런히 손에 놓인 나사들을 내미는 나를 보는 둥 마는 둥 하던 주인아저씨는 금세 척척 움직이더니 물건을 챙겨준다. 불안한 마음에 몇 번이고 확인했지만, 아저씨는 귀찮다는 듯이 손사래를 치며 맞다는 말만 반복하셨다. 떨떠름한 마음으로 집에 와서 맞춰보니 과연 딱 들어맞았다. 역시 전문가.

나중에 안 사실이지만 나사 크기는 이미 세계적으로 정해놓은 규격이 있었다. 세계대전이 시작되면서 연합군 무기들의 부품이 서로 달라 꽤 애먹은 모양이었다. 그리고 그 결정이 흘러 흘러 여기까지 왔다. 전장에서의 생사가 달린 결정이 내 화장실 전등을 고치는 데 영향을 미쳤다고 생각하니 조금 더 힘을 내서 볼일을 봐야 할 것 같은 기분이 든다. 쓸데없이 변기 위에 비장함이 흐른다.

흐릿한 결말

인생은 선택의 연속이다. 순간순간 끊임없이 판단하고 선택해 결정해야 하는 피곤한 인생. 어릴 때야 부모님 차의 뒷좌석에 편안히 앉아 이끄는 대로 잘 따라가기만 하면 됐지만, 이제는 직접 운전대를 잡고 내비게이션도 없이 짙은 안개로 뒤덮인 비탈길을 덜덜 내려가는 어른이 되고 말았다. 그때가 좋았지. 어린아이로 있을 수 있었던 시간은 도대체 언제 끝나버린 거지? 기억 속에만 간신히 남아 있다.

몇 가지 대수롭지 않게 생각하던 것들이 나를 괴롭히던 시기가 있었다. 그리 오래된 이야기는 아니다. 내가 좋아하는 사람들이 나를 좋아하지 않을 때, 일을 그만두고 싶을 때, 사소한 욕심으로 누군가가 미워졌을 때 나는 불행했다. 세상 모든 것이 나를 괴롭히고 있다고 생각했지만, 사실은 그 모든 것이 나의 선택에서 비롯되었다는 사실을 스스로도 잘 알고 있었다. 그

래서 더 괴로웠다. 내가 무엇을 하고 싶었는지도 기억나지 않는 밤이 떠오르고 사라지곤 했다. 과연 나는 제대로 살고 있는 걸까?

행복과 쾌감을 구분하기로 했다. 길고 긴 침잠 끝에 비로소 흐릿한 결말 같은 것을 마주했다. 둘 다 가질 수 있다면 행운이지만 인생은 그렇지 않은 경우가 대부분이다. 공평하다고 해야 할지. 나는 그럴 때마다 선택의 기로에 서서 그것이 행복인지 쾌감인지를 조금씩만 더 고민해보고 나아가기로 했다. 둘 중 어떤 것이 옳고 그르다고 쉽게 말할 수는 없지만, 쾌감은 끊임없이 지속되지 않으면 안에서부터 무너지는 마물 같은 것이다. 나는 이것을 능숙하게 다룰 수 없기에 되도록이면 행복을 선택할 생각이다. 아마도 모든 선택에 행복과 쾌감을 분리해나간다면 스스로가 내린 정의에 가까운 하루를 살아갈 수 있지 않을까. 나의 최종 목적지가 검고 깊은 늪이라면 나는 있는 힘껏 행복감에 머리끝까지 잠긴 채로 유유히 나아가고 싶다. 아내여, 모모여, 잘 타고 있는가?

위태위태하던 것이 조금씩 떨어져나가고 있다.

소매치기

얼마 전, 어머니께서 사촌 언니의 딸 결혼식을 보러 올라오셨길래 연세 드신 어머니가 괜히 걱정도 되고 해서 일을 잠깐 접고 부랴부랴 식장에 들렀다. 결혼식 내내, 그리고 밥을 다 먹을 때까지도 처음 뵙는 어머니의 외가 쪽 어르신들이 자꾸 나를 흘끔거리시는 게 조금은 불편했다.

하지만 첫인상에 대해서는 어느 정도 포기하고 사는 사람이라 조용히 어머니 뒤를 따라 휴대폰이나 만지작하며 서성거리는데, 어머니께서 자신의 사촌 언니와 이야기를 나누시더니 갑자기 폭소를 터뜨리셨다. 그러고는 내 수염을 잡아 뜯으시며 "내 아들이여"라고 외치셨다. 어머니는 그런 자리에서 프리랜서(백수)인 아들을 굳이 소개하지 않으셨던 모양인지 처음 뵙는 친지 어르신들은 "자꾸 뒤에서 소매치기가 따라오니 가방들 조심혀"라고 수군대셨다고.

어머니는 못내 미안하셨는지 돌아가는 지하철에서 내 손을 꽉 잡으시며 "나는 그래도 니가 자랑스럽다"라고 계속 말씀하셨고, 나는 어머니 가방을 뺏으려는 제스처를 취해드렸다.

인생은 결국 혼자인가요?

언젠가 망원시장에 한번 들른 이후로 꽤 자주 가고 있다. 맛깔스러운 것이 즐비하지만 그중에서도 칼국숫집은 갈 때마다 들르는데(사실 이것 때문에 간다), 거기에서 칼국수를 먹나 하면 또 그것도 아니다. 이상하게 꼭 비빔냉면을 먹게 된다. 칼국숫집인데 의외로 비빔냉면 맛이 기가 막히다.

오늘도 어김없이 매콤한 비빔냉면 생각에 터벅터벅 칼국숫집으로 향했다. 마침 저녁 시간이라 자리 하나 없이 꽉 차 있어 김 서린 안경을 닦으며 하릴없이 돌아섰다.

그때 잽싸게 아주머니가 나를 불러 세우더니 말릴 겨를도 없이 합석을 시킨다. 그렇게 초로의 노인과 나는 서로 마주 보며 앉았다. 연신 땀이 난다. 떠들썩한 가게에서 우리 테이블에만 한기가 흐른다. 할아버지라는 존재와 생을 살아본 적이 없었기에 문득 "할

아부지~" 하고 불러보고 싶다는 생각이 들었다. 이미 떠놓은 김치를 내가 먹으려 하자 자기 쪽으로 쓱 가져가시기 전까지는.

냉정한 할아버지. 인생은 결국 혼자인가요?

고무나무

이케아 매트리스 위에 라텍스를 깔고 살고 있다. 원래의 계획은 다른 가구의 예산을 줄이더라도 꼭 매트리스를 좋은 것으로 사겠노라 다짐에 다짐을 하고 템퍼를 넘어 덕시아나까지 탐하는 지경에 이르렀다.

그러나 태국에 다녀온 어머니께서 하사하신 라텍스 한 방에 나의 꿈은 맥없이 무너져버렸다. 통한의 눈물로 태국산(made in china와 동급인 줄로만 알았다) 라텍스를 적시며 잠든 지 5개월. 나는 이것의 고마움을 전혀 모르고 살았으나, 얼마 전 집에 온 손님 덕에 바닥에서 이틀을 보낸 후 지친 몸을 이끌고 라텍스 위에 눕는 순간 벌떡 일어나 어머니가 계신 남쪽을 향해 큰절을 올리고야 말았던 것이다.

오늘도 일하다 말고 잠깐씩 누워본다. 매년 식목일에는 고무나무를 심으리라.

아내의 일교차

아내의 일교차는 대단하다. 밤에는 몸에서 열기를 활활 태우며 별똥별처럼 침대로 떨어지고, 아침에 일어나보면 차갑게 식은 달이 미동도 없이 가만히 누워 있다. 단순한 비유 같지만 나는 종종 겁이 나서 밤에는 이마에, 아침에는 코밑에 손을 가만히 대본다.

결혼이라는 것은 서로 다른 우주가 작은 박스 안에 우연히 함께 담긴 것과 같다는 생각을 종종 해왔지만, 그것이 이런 형태일 거라고는 꿈에도 몰랐다.

ACROSS
the
UNIVERSE

이름 모를 벌레

책상 앞 벽에 며칠 동안 꿈쩍 않고 붙어 있는 이름 모를 벌레는 대체 무슨 생각에 빠져 있는 걸까. 죽었나 싶어서 살살 입김을 불어보면 날개를 펄럭이며 가냘픈 다리로 벽을 부여잡고 간신히 버틴다. 어느 날 갑자기 과학자들이 권위 있는 연구지에 "벌레는 생각이 없다"라고 발표하는 날이 오더라도(너무 당연해서 안 하겠지만) 나는 벌레에게도 생각이 있다고 믿고 싶다. 그렇지 않고서야 저렇게 오래도록 한자리에 멍하니 있을 수 있을까.

어쩌면 단꿈에 빠져 있는지도 모른다. 무화과 향을 맡으며 진한 초록 잎에 우아하게 내려앉는 자신의 모습이라든지, 겹눈이 매력적인 암컷의 반짝이는 날개를 어루만지는 행복한 나날들을 떠올리며. 평소 같았으면 단번에 손으로 내리쳐 죽였겠지만, 이렇게 생각하니 왠지 측은해 내버려두기로 했다.

꿈의 시작

꿈의 시작을 기억하는 사람이 있을까?

어젯밤 꿈에서 나는 느닷없이 웬 바스락대는 검은 비닐봉지를 들고 서 있었다. 봉지 안을 들여다보니 커다란 꽃게 한 마리가 배가 열려 내장이 쏟아져나온 상태로 바스락대고 있는데, 나는 무슨 이유에서인지 게 뚜껑을 뒤집어 배를 확인하고는 "수놈이군"이라고 중얼거렸다.

게는 역겨운 냄새를 풍기며 계속 집게를 딱딱거리며 나를 위협했고, 나는 계속 바스락거리는 검은 비닐봉지를 움켜쥔 채 바라보고 있었다.

 # 사랑하면 닮는다

사랑하면 닮는다 했던가.

골목 어귀에 앉아 계신 할머니와 강아지가

너무 인상이 비슷해서 한참을 바라봤다.

계절과 계절 사이

매년 나의 여름은 수박으로부터 시작한다. 계절을 나누는 기준이 딱히 없기 때문에 내 맘대로 그렇게 정했다. 당연하다고 여기는 것을 내 방식대로 다시 만들어보는 것은 언제나 즐겁다. 유년 시절 담임선생님이 알려준 열두 달을 세 달씩 쪼개어 사계절을 나누는 방식도 꽤 합리적이고 그럴듯하지만, 자세히 들여다보면 그런 구분법에는 다소 기계적이고 강압적인 분위기가 감돈다. 계절과 계절 사이의 틈을 무시하는 처사랄까. 무지개를 빨주노초파남보로 나누는 방식에서 느끼는 기분과 비슷하다.

자주 가는 마트에 해마다 수박이 처음 진열된 것을 보며 마침내 여름을 받아들이는 기분은 생각보다 유쾌하다. 아니, 충실하다는 느낌에 가까우려나. 뭔가 계획대로 착착 맞아 들어가는 느낌이 썩 나쁘지 않다. 이런 기분에 취해 '나는 1분을 35초 단위로 세어나가겠어'라는 식으로까지 나아가고 싶지만, 역시 곤란하겠지. 약속은 약속이니까. 분하지만 그런 것은 존재했는지도 모를 누군가가 이미 정해놓았다. 그러니 계절처럼 모호한 것을 나눠보는 소소한 즐거움으로 만족해야지, 별수 없다.

올해도 어김없이 수박이 등장했다. 어쩔 수 없네. 오늘부터는 반팔을 입을 수밖에. 작고 볼품없지만 수박은 수박이니까.

#4

없어 보이지만 있어요, 미묘한 차이

수박 예찬

기왕 수박 이야기가 나왔으니 조금 더 이야기 해볼까. 나는 여름이 싫다. 단순히 싫다고 표현하기에는 상당히 부족한 감이 있지만, 이따금 드물게 좋은 부분도 섞여 있기 때문에 이 정도로 봐준다. 까맣게 타버린 스테이크 안쪽에 적당히 잘 익은 부분이 약간 남아 있는 것을 바라보는 기분으로. 그런 여름의 한가운데에서 수박의 존재는 약간 남아 있는 좋은 부분 중에서도 가장 황홀한 것이다. 에어컨과 함께 어떻게든 나를 폭염의 구덩이에서 끌어낸다. 사람이었다면 처음 만난 순간 고백했을지도 모를 일이다.

이런 연유로 나는 수박을 고르는 데 매우 신중하다. 누가 알려주지도 않았는데 마트의 진열대에 서서 손가락 마디로 하나하나 통통 두드려본다. 모기에 물려 부어오른 곳에 손톱으로 십자를 긋는 것처럼 무의식중에 시작했지만, 몇 차례 두드려보니 이제는 어느 정도 차이를 구분할 수 있게 되었다. 보통은 껍질이 얇은 수박이 달고 맛있는 편인데, 이는 수분 함량이 높다는 것이고 두드리면 울림이 더 크겠지 하고 나름의 논리를 내세워 추측해보는 것이다.

과연 수박마다 울림의 차이가 있다. 하나씩 두드리다 보면 마치 악기를 연주하는 듯한 기분이 드는데, 나 혼자가 아니다 보니 동네 아주머니들과 협연하는 기분으로 함께 통통 두드려나간다. 30대 초반의 남자가 한낮의 수박 코너에서 한가하게 어머니 또래의 아주머니들 사이에 끼여 경쟁하듯 수박을 두드리는 모습은 쉽게 볼 수 있는 광경이 아니다. 나는 그런 내 모습을 직접 볼 수 없기에 이따금씩 그 모습을 상상해보면 실소가 터진다. 조용하지만 치열하게 가족을 생각하는 주부의 세계에서 나도 당당히 한자리 차지하고 있는 것이다.

한참을 두들기다 보면 이거다 싶은 놈들이 눈에 들어온다. 그럼 이제부터는 색깔을 살펴볼 차례다. 경험상 껍질 색깔이 진할수록 잘 익은 것인데, 요즘은 아예 검은색에 가까운 품종이 따로 나오기 때문에 조심해야 한다. 일단은 연둣빛이 감도는 수박만 피해도 성공적이니 그럴듯한 놈으로 잽싸게 낚아챈다. 이 모든 과정을 재빠르게 처리하지 않으면 금세 다른 사람

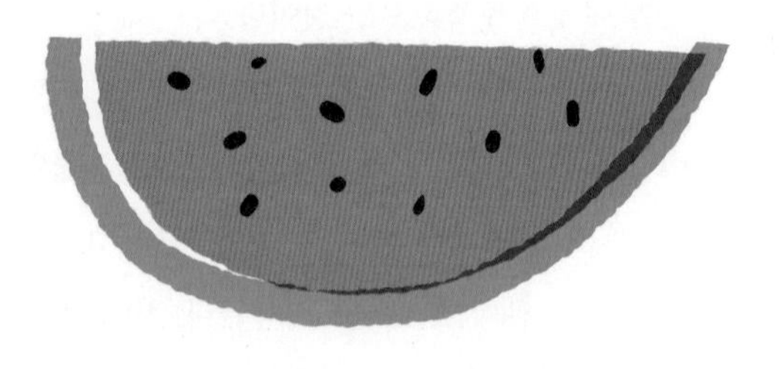

이 채가는 것을 손가락 빨며 바라볼 수밖에 없다. 사람 좋은 표정으로 서 있는 아주머니들도 눈빛만은 살아 있어서 좋은 수박을 척척 잘도 낚아챈다. "주부의 세계는 너무 냉정하네" 하고 불평해봤자 소용없다.

여기까지 잘 해냈다면 이때부터는 오로지 운에 맡긴다. 수박을 고르는 여러 가지 기준은 말 그대로 추측이라 배를 가르기 전에는 아무것도 알 수 없는 미지의 상태일 뿐이다. 게다가 수박은 신기하게도 차갑게 보관한 상태로 하루 이상 놔두면 어지간히 맛없는 것이 아닌 이상 금세 단맛이 돈다. 어떤 상황에서도 최악은 피할 수 있다. 그럼 굳이 신중히 고를 필요가 있나 싶겠지만 또 그렇지 않다. 그저 그것을 여러 가지로 가늠해보고 신중을 기해서 고르는 과정 자체가 즐거운 것이다.

내가 수박을 좋아하는 가장 큰 이유가 바로 여기에 있다. 인생은 뜻대로 되지 않는 일투성이이지만, 그렇다고 해서 계획을 세워보는 재미까지 잃을 필요는 없지 않나. 이번에 열어본 수박이 실망스럽다고 해서 다음 수박까지 그러리라는 법은 없으니까. 언젠가 좋은 수박은 반드시 나타난다. 지옥 같은 여름이 계속되는 한 반드시. 나는 오늘도 마트의 수박 코너에 서서 기세 좋게 쌓여 있는 수박들을 신중히 두드린다.

미래를 선물받다

앤티크풍의 장식적인 그림이 그려진 그릇을 선물받았다. 다른 그릇들과 함께 늘어놓았을 때 균형 잡힌 모습이 좋아서 대체로 무늬 없는 단색 그릇을 선호하지만, 선물은 늘 옳다. 감사한 마음으로 열심히 쓰고 있다. 그릇의 바닥에는 꽃과 작은 곤충들이 얇은 펜으로 세밀하게 그려져 있다. 이상하지. 자세하게 묘사된 그림은 왠지 모르게 더 들여다보게 된다.

많은 미래학자가 입 모아 외치는 끔찍한 주장이 몇 가지 있는데, 그중에서도 미래에는 쌀이나 밀 대신 곤충으로 식사를 해결하게 될 것이라는 게 단연 최악이다. 마치 예정된 사실처럼 단언하는 기사들을 발작적으로 내놓는다. 이렇게 꾸준하게 세뇌시키려는 걸 보면 세상을 뒤에서 조종하는 프리메이슨을 뒤에서 조종하는 악식惡食 클럽이 존재하는 것은 아닐까 하고 음모론을 떠올려본다. 기사를 읽다 보면, 영문도 모

른 채 하루 세끼를 곤충 날개나 아작아작 씹으며 "오늘 저녁은 또 풍뎅이인가? 풍뎅이는 이빨 사이에 끼어서 좀…"이라는 말을 지껄이는 불쌍한 미래의 내가 그려진다. 그렇게 생각하면 다이어트고 뭐고 다 무슨 소용인가 싶다. 오늘 당장 폭식해도 정신적인 면죄부가 주어진다. 뭘 먹어도 미래의 나에게 용서받을 수 있다.

선물받은 그릇에 밥을 담아 먹으면 이런 기분을 미래가 아니라 오늘, 지금, 이 순간에 바로 느껴볼 수 있다. 작고 세밀하게 그려진 곤충들이 바닥에 그려져 있기 때문에 밥을 거의 다 먹을 즈음 곤충들의 작은 눈을 마주하게 된다. 어쩌다가 시리얼이라도 먹게 되면 씹는 타격감으로 현실감이 더욱 배가된다. 배가 불러올 즈음에 두둥실 떠오르는 세 쌍의 얇은 다리와 버석버석한 날개들. 그릇을 선물해준 사람은 나에게 미래를 선사해줬다는 사실을 꿈에도 모르겠지.

넓적부리황새

넓적부리황새라는 신기한 새가 있다. 얼마나 신기하냐면 동물원에 어엿하게 독방을 하나 차지하고 있을 정도이다. 일반적으로 동물원의 조류 섹션은 사진과 이름이 적힌 푯말이 잔뜩 붙어 있는 커다란 공간 안에 새들을 몽땅 모아놓는다. 자세히 볼 겨를도 없이 빽빽거리는 온갖 새소리에 야유를 받는 것 같은 기분으로 찜찜하게 지나칠 수밖에 없는 구조인 것이다.

이런 상황에서 홀로 쾌적한 독방 신세라는 것은 어떻게 봐도 훌륭한 대접이다. 넓적부리황새 본인은 어떻게 생각할지 모르겠지만. 너만큼은 잃고 싶지 않다는 동물원의 의지가 물씬 풍긴다.

부러질 것처럼 가느다란 다리에 거대한 머리는 가히 압도적이다. 창조론을 짓밟는 진화론의 등 뒤로 다가가 조용히 어깨에 손을 올리며 "나를 좀 봐줄래?" 하고 속삭일 것 같은 비율이다. 게다가 1.5m의 커다란 몸집임에도 날 수 있다. 그 커다란 머리로 어떻게든 날아간다. 그 기괴함이란! 실제로 집 주변에 그런 새가 떼 지어 날아다닌다고 생각하면 등줄기가 오싹해진다. 강력한 부리로 수달이나 작은 악어도 먹어치운다고.

그런 주제에 다리를 접고 웅크리고 있으면 그렇게 귀여울 수가 없다. 심지어는 머리를 흔들며 인사도 한다. 만일 내가 아프리카에서 태어났다면 반드시 얘한테 잡아먹히지 않았을까 생각해본다.

"너희 아버지는 어느 날 귀여움을 참을 수 없어 다가갔다가 불쑥 일어선 넓적부리황새에게 잡아먹혔어" 하고 자식들에게 눈물을 글썽이며 이야기해주는 아내의 모습이 눈에 선하다. 그렇게 자식들은 복수의 화신이 되어 평생을 넓적부리황새를 쫓다가 어느 날 귀여움을 참을 수 없어…. 클라이언트가 이런 모습이었다면 꼼짝없이 무보수로 일했을지도. 귀여운 쪽이든 포악한 쪽이든 별수 없지 하고. 아무튼 참 기괴한 생명체이다. 거칠면서도 귀여운 묘한 모습이지만, 계속 들여다보게 된다.

페어플레이

당첨될 것을 알고 있는 로또를 가지고 태어난 기분이 어떤 것인지 궁금하지 않은가? 나는 그 기분을 알고 있다. 돈 이야기가 아니다. 돈보다 더 소중한 것이 있다. 돈으로 살 수 없는 것은 사랑이나 시간 따위가 아니라 머리카락이다.

대머리의 존재를 인지하기 시작할 무렵부터(사실은 태어날 때부터이겠지만) '양쪽 할아버지가 모두 대머리'라는 이름의 씨앗이 마음속에 심겨 있었으나 괜찮았다. 늘 2:8로 정갈하게 '가르마를 타시는 아버지'라는 토양이 그 위를 단단히 덮고 있었으니까. 적어도 "대머리는 한 대를 넘어 유전된다"라는 단비가 내리기 전까지는 그랬다. 그 씨앗은 걷잡을 수 없이 무성하게 자라 이제는 머릿속을 가득 채워 모근을 모조리 밀어낼 지경에 이르렀다. 대머리는 어쩌면 이렇게 완성되는 건지도 모르겠다는 생각을 잠시 해본다.

이렇게 이야기하면 이미 탈모가 진행된 사람에게 욕먹을 것이 분명하다. 다행인지 불행인지 아직 나의 두피 위에는 단백질 섬유로 이루어진 가느다란 것들이 수북하다. 브라질의 거대한 밀림 형태는 아니지만 적어도 다코야키 위에서 하늘하늘 손사래 치는 가쓰오부시 정도는 된다. 하지만 유전자라는 운명 앞에서 지금 가지고 있냐 없냐는 그리 중요하지 않다. 엄밀히 말하면 불치병의 범주 안에 들어가는 이 단두대에 목을 걸고 하염없이 기다릴 뿐이다. 그곳에 희망 따위는 없다.

그나마 위안이 되는 것은 탈모의 공정함이다. 머리카락이 빠지는 이유는 두피의 어느 부위이든 마찬가지일 텐데, 묘하게도 나름의 규칙이 있다. 이를테면 잔잔한 호수에 돌을 던진 것처럼 정수리부터 동그랗게 퍼져나가는 형태가 있고, 앞쪽 이마에서부터 차근차근 뒤로 후진하는 형태가 있다. 어느 쪽이든 슬프지만 어쨌든 공정하다. 어느 한쪽으로 치우치지 않고 밸런스를 유지하며 나아간다. 만일 이런 페어플레이가 없었다면 탈모인의 모습은 지금보다 더 처참했을 테지. 뭐 사람들이야 지금보다 훨씬 더 재밌는 광경을 보게 되겠지만. 나도 그런 상황에서 내 일만 아니라면 "호오, 이 사람은 머리띠 모양의 탈모인이군요" 하면서 다양

한 탈모 형태를 그림으로 그려봤을 게 뻔하다. 색칠까지 열심히 해가면서. 균형 잡힌 탈모라고 별다를 건 없지만 우선은 마음이 놓인다. 얼어붙은 시베리아에서 알몸으로 서 있는 사람에게 양말 하나 던져주는 얄팍한 배려인데도 무엇보다 따뜻하다.

그나저나 탈모인에게 가장 끔찍한 동화는 《라푼첼》이려나. 라푼첼이라는 글자에서 우두둑 소리가 들리는 것 같다.

소음의 음계

길을 걷다가 고막을 찢는 듯한 경적 소리에 정신이 번쩍 들었다. 적막을 비집고 튀어나온 소리가 너무 갑작스러워 나도 모르게 무릎이 풀리고 말았다. 솔직히 말하면 거의 주저앉았던 것 같다. 오금이라는 부위가 나에게도 있다는 것을 처음 자각했다. 순간적으로 혹시 누군가가 그 모습을 봤을까 두려워 애써 태연한 척 춤추듯 걸어봤다. 이미 아무 소용 없다는 건 알고 있었지만 최대한 자연스럽게, 혈관에 피 대신 비트가 흐르는 뮤지션처럼.

이런 상황에서는 언제나 분노보다 부끄러움이 앞선다. G#이었던가. 절름거리면서 골목을 벗어난 뒤 비로소 떠올렸다. 어찌나 놀랐던지 경적 소리의 음계가 머릿속을 떠나질 않는다. 혼자서 "음! 음! 아니야, 반음 정도 더 낮았던 것 같아" 하고 중얼거리며 집으로 돌아왔다.

미묘한 차이

차가운 밥에
따뜻한 카레를 얹는 것과

따뜻한 밥에
차가운 카레를 얹는 것의

미묘한 차이

여름 감기

여름 감기는 개도 안 걸린다던데, 면역력이 떨어진 모양인지 한여름에 감기에 걸리고 말았다. 개가 아니라는 것을 증명한 셈이니 어떤 면에서는 만족스럽지만, 한여름에 감기에 걸리는 것은 절대 다시 하고 싶지 않은 경험 중 하나다. 고통도 고통이지만 불쾌지수가 상당하다. 안 그래도 남들보다 몸에 열이 많은 편이라 온몸에 열이 퍼져나가면 금세 땀으로 이불이 축축해진다. 나의 잠을 책임지는 사랑스러운 라텍스도 이럴 때는 꼴도 보기 싫다. 습하고 뜨거우며 부드러운 물체가 이리도 끔찍한 것이었다니. 막 만들어 나온 두부 안에 파묻혀 있는 기분이다.

끙끙거리며 앓고 있는 내가 불쌍해 보였는지 아내가 나가서 약을 몇 가지 지어왔다. 고맙다는 말도 못하고 비틀거리며 나가서는 벽을 짚고 단숨에 입에 털어 넣었다. 그만큼 고통스러웠던 면도 있었지만, 왠지 모르게 아플 때 간호를 받으면 비련의 주인공 같은 태도가 된다. 아마 어리광을 부리고 싶은 거겠지. 어른이 되면 누군가에게 어리광을 부릴 기회 같은 건 찾아보기 힘드니까 기회가 왔을 때 적당히 핑계를 대고 이렇게나마 기대보고 싶은 것이다. 차가운 아내의 손이 기분 좋게 이마에 닿을 때도 새어 나오는 웃음을 참으며, 괜히 앓는 소리도 내가며 아픈 표정을 지어 보인다. 다 알고 있지만 모른 척 받아주는 아내가 언제나 옆에 있다.

약을 먹고 한숨 자고 일어나니 한결 나아졌다. "내 덕분이야" 하고 으스대는 아내에게 그 약이 대단했기 때문이라고 말해준다. 입에서 농담이 튀어나오는 걸 보니 이제는 이 여름 감기와 작별할 때가 된 것 같다. 안녕, 우리 다시는 마주치지 말기로 하자. 이제 홀가분한 마음으로 조금만 더 아픈 연기를 해볼까.

형사와 디자이너

몸이 아프면 얼마 동안 꼼짝없이 누워 있게 된다. 다른 사람들은 어떻게 대처하는지 모르겠으나 대부분 비슷할 것이다. 아픈데 마땅히 할 수 있는 일도 없고 돌아다니는 것은 더욱 불가능한 노릇이니 그저 침대에 누워 천장의 무늬나 헤아릴 수밖에. 지루한 시간이 느릿느릿 흘러간다.

시간을 죽이는 방법 중 가장 효과적인 것은 활자를 읽는 것이(라고 생각한)다. 그런다고 시간이 빨리 흘러가는 것은 아니지만 해보면 꽤 쓸 만하다. 곁에 책이 있다면 좋겠지만 없어도 크게 상관없다. 단순히 활자를 읽음으로써 느끼는 재미가 있다.

며칠 전, 여름 감기에 걸림으로써 개가 아니라는 것을 몸소 증명하던 중 무심코 곁에 있던 감기약 상자에 적힌 내용을 읽게 되었다. 평소에 자세히 들여다보지 않던 것들을 읽다 보면 꼭 수상한 것을 발견하게 된다. 예를 들어 "7. 이 약의 성분에 과민증 환자는 섭취 금지"라는 문장을 보면 '내가 이 약에 과민한 것을 알려면 최소 한 번은 먹어봐야 하는 것 아냐' 하는 생각을 하지 않을 수가 없다. 소송을 피하기 위한 문장이라는 것은 알지만 아무리 봐도 어색하다. 이런 문장도 있다. "위장관계 위험 증가." 작은 케이스에 많은 정보를 쑤셔 넣느라 자간도 매우 좁고 띄어쓰기도 엉망인 것이 의도치 않게 상상력을 불러일으킨다. 피치 못할 사정에 의해 범죄 조직의 일원으로 위장한 형사가 느닷없이 감기에 걸려 이 약을 먹은 직후 이 문장을 읽었다면 어떤 기분일까 하고 생각해보면 입가에 미소가 번진다. 형사는 자질구레한 미신 따위는 믿지 않지만, 왠지 약을 먹을 때마다 계속 신경이 쓰인다. 결국 부하의 배신으로 위장이 들통나 차가운 총구가 관자놀이에 닿는 것을 느끼며 이 약의 문구를 씁쓸히 떠올리겠지. 빌어먹을!

무엇보다 이 약에 적힌 문장들을 작성해야만 하는 디자이너가 심한 강박증에 시달리는 환자라고 생각하면 너무나 괴롭다. 어두운 사무실에 홀로 앉아 모니터에서 나오는 불빛을 바라보며 타닥타닥 "이 약의… 성분에… 과민증…" 하는 문장을 조여오는 가슴을 움켜쥐고 가까스로 적어나간다. 모조리 뜯어 고치고 싶은 강렬한 욕구를 참아가며. 좁은 자간의 활자들로 빼곡히 들어찬 퇴근길의 지하철에 밤새도록 끼여 있는 악몽에 시달릴지도 모른다. 생각할수록 여러모로 괴로운 장면이다. 이쯤 되니 감기쯤은 아무것도 아닌 것처럼 느껴진다.

마음껏 상상을 펼치다 보니 어느새 고통이 희미해진다. 그러고 보면 세상에 쓸모없는 것은 없구나. 약 설명서를 읽었을 뿐인데 고통이 사라지다니.

직업 형태

세상에는 꽤나 다양한 직업이 존재한다. 그리고 그중 대부분은 내가 상상할 수 있는 범위 내에 있다. 직업은 인간의 필요에 의해 생겨나기 때문에 멕시코의 호세 라마스(가명) 씨와 한국의 내가 특별히 다른 것을 필요로 하진 않을 테니 어떤 형태의 직업을 마주하더라도 고개를 끄덕일 수 있는 것이다. 처음 듣더라도 '그래, 이건 꼭 필요한 직업이겠어' 하는 식으로 수긍이 간다.

하지만 살다 보면 예상치 못한 직업을 마주하는 경우가 종종 있다. '병아리 감별사'에 대해 처음 들었을 때는 그게 대체 무슨 소용인가 하고 믿지 않았다. 병아리는 단순히 노랗고 귀여우면 그만이지 않나. 그것의 암수를 굳이 구별할 이유는 없으니 그저 악의 없는 농담 정도로 치부했다. 그러나 실은 그런 직업이 존재했다. 세상의 자본주의적 필요를 어린 내가 이해하지 못했을 뿐이다.

세계적인 블록 장난감 회사인 레고에는 '레고 모델 조립사'라는 직업이 존재한다. 전 세계에 약 몇십 명뿐인 직업. 레고 조립은 누구나 할 수 있는데 그것이 직업인 사람은 대체 무슨 일을 하는 걸까 하고 찾아보니 아무나 만들 수 없는 기발하고 창의적인 형태를 조립해내는 것이 주요 업무인 듯했다. 당연한 이야기이려나. 모두가 하고 싶은 일이라면 남들보다 탁월하게 잘하는 사람이 그 자리를 차지하게 마련이다. 그리고 역시 당연하게도 해당 직원을 뽑는 과정은 배틀 형식으로 진행된다고. 천장이 높은 교외의 창고에 다양한 연령과 인종의 남녀가 모여 저마다의 레고를 완성해나가는 모습을 상상하니 너무 근사하다. 마침내 째깍거리던 초침이 멈춘 뒤, 승패와 상관없이 하얗게 불태운 표정을 하고 창고를 나서는 후보자들의 반짝이는 땀방울이 눈앞에 선하다. 이렇게 생각하니 언젠가는 나도 한번 도전해보고 싶어진다. 떨어져도 (당연히 떨어지겠지만) 덴마크에 여행 간 셈 치면 되니 밑져야 본전인걸.

겨드랑이와 건자두

세상에는 수많은 형태의 직업이 존재한다는 것, 그리고 직업 자체를 직접 만들어볼 수도 있다는 것을 아주 어린 시절에 알았다면 어땠을까. "앞으로 뭐가 되고 싶어?"라는 질문은 지겹게 받아봤지만 이런 것을 알려주는 어른을 만난 기억은 없다. 그저 대통령! 의사! 변호사! 하는 그럴듯한 직업을 말하면 박수를 치고 만족하는 어른들의 호응을 얻어내는 과정만이 기억의 구석에 납작하게 말라붙어 있다.

나는 냄새를 잘 맡는 편이다. 어릴 때부터 그랬다. 곰국을 한없이 고아내다가 종종 냄비를 태워먹는 어머니를 커버하는 것은 언제나 나였다. 만일 누군가 그런 나에게 냄새를 맡는 직업이 있다고 알려줬다면 지금쯤 나의 인생은 지금과는 상당히 다른 방향으로 흘러가고 있겠지. 단순히 냄새를 잘 맡는 것과 여러 가지 향을 척척 알아맞히는 것은 다른 성질의 재능이니

조향사가 되지는 못했겠지만, 적어도 겨드랑이 테스터 정도는 되지 않았을까.

실제로 유명한 땀 냄새 제거제를 만드는 기업에는 '겨드랑이 테스터'라는 직업이 있다. 정확한 명칭인지 확실치는 않지만 겨드랑이 냄새를 맡는 일임은 틀림없다. 깊게 생각해보지 않아도 냄새를 없애기 위해서는 냄새 종류를 파악하고 분류해 각각의 범위에서 크게 벗어나지 않는 일반 완성품을 만들어내는 것이 목표일 테니 반드시라고 해도 좋을 만큼 꼭 필요한 직업이다.

사람들을 일렬로 쭉 세워놓고 한쪽 팔을 들게 한 후, 스치듯 지나가며 냄새를 체크하는 장면을 상상해보니 묘하게 설렌다. 장면 자체에 뭔가 오묘한 구석이 있다.

"이 사람은 곰팡이가 적절히 얹혀 있는 블루치즈에 말린 건자두를 올린 독특한 냄새군."

"냉장고에 방치되어 고체화된 우유가 하수구에 떨어지는 순간의 냄새야."

이렇게 중얼거리는 모습은 생각만 해도 너무 멋지지 않나. 단순히 고약하다거나 시체 썩는 냄새가 난다는 식의 반응보다는 이렇게 구체적인 묘사로 일일이 적어나가는 모습이 더 매력적이다. 영어로 된 전문

용어를 차트에 휘갈기는 의사 이상으로 프로페셔널함이 넘친다. 가능하다면 냄새 맡는 과정은 죽기 전에 꼭 한번 보고 싶은데… 맥주 공장의 방문 견학처럼 어떻게 좀 안 되려나.

볼 빨간 중년

나는 선천적으로 볼이 붉은 사람이다. 속된 말로 '촌병'이라고 부르는 병 아닌 병을 갖고 태어났는데, 촌스러워서 촌병인지 촌에 사는 애들이 대부분 볼이 붉기 때문에 촌병인지는 잘 모르겠다. 아무튼 좀 붉다.

다행히 볼이 붉다는 것이 인생에서 그리 걸림돌이 된 적은 없다. 오히려 약간은 도움이 되었다고나 할까. 아내도 처음 만나던 날의 나를 "부끄러워하며 다가오는 사슴" 같았다고 기억하고 있다. 그게 너무 인상적이었다고. 뭐, 기억은 늘 미화되기 마련이니까 사슴이든 돼지든 긍정적이었다면 그걸로 됐다.

이런 연유로 나의 볼이 붉은 것에 대해서는 그냥 그러려니 하는 마음으로 살아가고 있다. 딱히 고칠 수 있는 것이 아니기도 하고. 이게 아니더라도 진지하게 고민할 거리는 셀 수 없이 많으니 불편함이 없는 한 그냥 모른 척 내버려두고 싶다. 아마도 나이가 드는 것의 좋은 점은 사소한 고민들에 그러려니 하고 관조하는 자세를 취하게 된다는 것일 테다. 큰 걱정 같아 보여도 잠시 그러려니 하고 지켜보다 보면 어느새 고민들의 대부분은 조용히 사라진다.

하지만 그렇더라도 딱 한 가지 신경 쓰이는 점은 있다. 생각하고 싶지는 않지만 시간이 흘러 머리가 벗겨진(아마도 반드시 벗겨진다) 짤막한 체구에 볼이 붉은 중년의 내 모습이 계속 떠오른다. 직업병인지는 모르겠지만 꽤 구체적으로 연상된다. 신체의 모든 기관들이 점차 노화되는 시기에 볼만은 붉게 물들어 있는 그 모습에서는 약간의 변태스러운 냄새가 날 것만 같다. 모른 척하고 싶어도 그 순간이 언젠가는 찾아올 테니 이것만은 자꾸 신경이 쓰인다. 어쩌면 좋지. 눈웃음이라도 연습해야 하나.

말의 고환

언젠가 우연히 TV에서 말의 고환을 먹는 몽골인의 풍습을 세세하게 보여주는 방송을 본 적이 있다. 말의 고환이라니, 상상만 해도 정신이 아득해진다. 애당초 씹을 수 있기는 한 건가? 풍습은 과거로부터 천천히 전해져 내려오는 것일 텐데 어째서 이렇게 오랜 세월 동안 비판 의식 없이 그대로 받아들인 건지 도무지 이해할 수가 없다. 굳이 먹는다면 그것 외에도 이런저런 마땅한 부위들이 있을 텐데. 이를테면 도가니, 안심, 갈빗살 같은 보기도 좋고 먹기도 좋은 부위들. 굳이 상징적인 부위를 먹어야겠다면 말갈기가 시작되는 정수리나 꼬리. 그래, 꼬리 얼마나 좋아. 잘라서 푹 고아 먹으면 힘도 나고 좋잖아.

고민을 조금만 해보면 대체 부위가 셀 수 없이 많은데도 다짜고짜 시체처럼 축 늘어진 고환을 썩둑 잘라서 생으로 먹는다는 것은 너무 고약한 처사다. 주머니에 싸여 있긴 해도 엄연히 몸의 외부로 튀어나온 내장이나 다름없는 것을, 평생을 짐처럼 간당간당 붙어서 살아온 가엾고 가녀린 것을 그렇게….

모든 말들에게 대신 사과하고 싶은 심정이다. 미안해, 말들아.

아마추어의 기쁨

에세이를 제대로 한번 써볼 요량으로 자리를 잡고 앉아 한참을 모니터만 노려보기를 5시간째. 그만 포기하고 냉장고에 차갑게 식혀둔 수박을 꺼내 숟가락으로 푹푹 퍼먹으며 마음을 식힌다. 역시 이런 종류의 것은 재능이 최선이요, 반복이 차선이라는 것을 다시금 깨닫는다. 누군가로부터 배우거나 노력한다고 해서 얻을 수 있는 성질의 것이 아니다. 그러고 보면 그림이나 별다를 게 없다.

나는 대체로 뭔가를 잘 해내지 못하는 것을 참지 못한다. 대부분의 경우에는 단순히 안 하면 되기 때문에 유연하게 넘어가지만 그것이 내가 하고 싶은 일일 때는 이야기가 달라진다. 스스로에게 화가 나서 견딜 수가 없다. 별수 없이 독서를 다시 시작했다. 몇 년 만이지. 스무 살 이후로 책을 거의 읽지 않았던 것 같은데.

책을 읽으면 작가를 만나지 않아도 어떤 성향의 사람인지 훤히 보인다. 같은 작가의 책을 두 권 이상 읽으면 확실히 보인다. 문체나 문장을 끊는 지점 등에서 그 사람의 말투나 성격이 저절로 떠오른다. 아마도 이런 글들이 좋은 글이겠지. 자연스럽고 일관되게 말하는 것처럼 쓴 것들.

잘 쓴 글 중에서도 접속사를 자유자재로 구사하는 사람의 글은 너무나 매력적이다. 문장과 문장, 문단과 문단을 매끄럽게 이어주는 것이 뱀의 수많은 관절처럼 스르르 부드럽게 미끄러져 들어온다. 머릿속에는 첫 단어를 읽었다는 감각만이 남아 있고, 어느새 정신을 차려보면 마지막 문장을 바라보고 있다. 그것이 너무 부러워 나도 접속사들을 쭉 늘어놓고 하나하나 써보고는 있는데 음, 그게 영 신통찮다. 지하철의 칸과 칸을 연결해주는 나사처럼 자연스러우면서도 보이지 않도록 쓰는 것이 너무 어렵다. 이것도 역시 재능의 영역인가. 그럼 나는 죽으라고 반복하는 수밖에. 언젠가는 잘 써보고 싶다.

생각나는 대로 쓰다 보니 잠깐 사이에 글이 꽤 길어졌다. 길다고 좋은 건 아니지만 많이 썼다는 것이 기쁘다. 아마추어만이 느낄 수 있는 그런 종류의 기쁨. 하루 종일 고민한 것이 무슨 의미가 있나 싶다.

애호박과 빨간 새우

살아온 나날을 아무리 돌이켜봐도
만나본 기억도
서로의 존재조차 몰랐던 이들이
내 앞에 등을 맞대고 가지런히 누워 있다.

빨간 새우가 들어간 애호박볶음을 보며
아름답다는 생각을 처음 해본다.

연극이 끝나면

길고 길었던 프로젝트가 마무리되었다. 밤새워 일하면서 '이 일만 끝나면'으로 시작하는 수많은 것을 떠올리며 견뎌왔는데, 막상 모든 것이 끝나고 나니 아무것도 생각나지 않는다. 급작스럽게 브레이크를 밟은 후 찾아오는 약간의 어색한 정적. 늘 겪는 일이지만 매번 낯설다. 그래도 이 시간에 느긋하게 그리고 싶은 것을 그리는 것만큼은 너무 소중하다. 새삼 깨닫는다.

하기 싫은 일을 해야만 할 때의 대처법

스스로 정해놓은 규칙 중 가장 마음에 드는 것은 '운동하는 시간에는 누구의 방해도 받지 않는다'라는 것이다. 몸이 재산이니 이것은 무엇보다 소중하다.

두 번째로 마음에 드는 항목은 '하기 싫은 일을 해야만 할 때의 대처법'이다. 가끔, 아주 가끔이지만 이것만큼은 도무지 할 수 없을 것만 같은 일이 생긴다. 보통은 약속을 안 지키거나 상대방의 태도를 참을 수 없는 경우인데, 어쨌든 나는 주어진 약속은 지킨다. 심지어 그사이 큰 계약이 들어와도 거절한다. 금액을 떠나서 약속은 약속이니까. 똑같은 사람이 될 필요는 없다.

일을 마친 후 칼같이 받아낸 비용은 저축하지 않고 오로지 나를 위해 쓴다. 좋은 책을 사거나, 여행을 떠나고, 맛있는 음식을 먹으며 해당 프로젝트를 떠올려보면 괜히 마음이 여유로워져 '그게 그렇게 나쁜 것만은 아니었구나' 하는 생각이 들기도 하는 것이다.

조그만 혓바늘 주제에

중요한 미팅과 혓바늘의 조합은 꽤 괴롭다. 아침에 일어나자마자 혓바늘 때문에 말도 잘 못하다가 어디선가 꿀을 바르면 낫는다는 이야기를 들은 것 같아 혀에 꿀을 바르는데, 머릿속에서는 '꿀은 참 맛있구나'라는 생각밖에 떠오르지 않는다. 이래서 꿀맛이라고 하는 건가. 혀는 여전히 아프다.

미팅할 때 나는 이래저래 농담도 좀 섞어가면서 분위기를 풀어나가는 스타일인데, 그게 어려울 거라는 생각을 하니 가는 내내 우울했다. 혀가 거대해져서 목구멍을 막는 상상을 하다가 이내 숨이 막혀 관뒀다. 결국 나는 중요한 순간마다 혀짤배기소리를 내며 장렬하게 미팅을 마쳤다.

이를테면 "탱각하디는 그맥이 이뜨틴가여" 혹은 "일떵이 어떠케 되나여?", 마치 "따당은 도다오는 거야!" 같은 말들을 웅얼거린 것 같다. 다행히 돈 이야기는 필사적으로 발가락을 웅크려가며 무사히 처리했다.

조그만 혓바늘 때문에 세상 진지한 표정으로 혀짤배기소리를 내는 사람을 마주하는 것은 다시마가 세 개 들어 있는 너구리만큼 보기 드문 장면이다. 딱 내 웃음 코드인데…. 나는 열렬하게 상대방이 되고 싶었다.

부들부들

식사 후에 침대에 드러누워 살아 있길 잘했다고 생각하고 있을 무렵 잇몸에서 피가 났다. 천장을 바라보고 등을 붙인 상태에서 혀로 전해지는 비린 맛을 느끼고 있자니 문득 뭔가에 패배한 사람 같다는 생각이 들어 조용히 "분하다"라고 뇌까려봤더니 과연 그럴싸하다. 어금니를 깨물수록 피비린내에 사실성이 더해져 괜히 주먹도 쥐어보고 몸도 부들부들 떨어보다가 불현듯 정신 차리고 그림 앞으로 돌아왔다. 작업실을 하나 구할까….

사실은 그게 아니라

길에서 갑자기 아는 사람을 마주칠 때가 있다. 나는 보통 이럴 때 굉장히 당황해서 아무 말이나 횡설수설하는 편인데, 예고 없이 쏟아지는 소나기에 흠뻑 젖은 사람처럼 머릿속이 하얘진 채 그저 이리저리 달릴 수밖에 없는 상태가 되어버린다.

헤어진 후 정신을 차려보면 "대체 내가 무슨 말을 한 거지" 하고 머리를 감싸 쥐고 만다. 마음의 탁자 위에 평화롭게 늘어서 있던 잔들이 모조리 쏟아져 있다. 그런 우연한 만남이 싫은 것은 아니다. 오히려 너무 반갑다. 엊그제 만난 사람이든 오랜만에 본 사람이든 관계없이. 단지 준비되지 않은 상태에서 맞닥뜨리는 것이 괴로울 뿐이다. 재치 있고 다정하며 말끔한 상상 속의 내 모습은 언제나 뒤늦게 준비된다.

신기하게도 우연히 마주치는 사람은 몇 번이고 자주, 급작스럽게 마주친다. 아마도 서로의 취미나 동선이 비슷하기 때문이겠지. 하여간 이상하리만치 자주 마주치는 사람이 드물긴 하지만 있다. 나는 그때마다 어김없이 벼락 맞은 사람처럼 행동하곤 한다.

특별히 불만은 없지만 마음에 드는 것도 아니니 이제 그만 고쳐볼까 하고 마음먹었다. 나 같은 프리랜서에게는 사람을 대하는 것이 나름 중요하니까. 게다가 오해받는 것이라면 딱 질색이다. 나의 이 반가운 마음이 횡설수설한 말들로 가려진다고 생각하면 너무 서글프다. 그저 언제 마주쳐도 바람처럼 슬며시 들어와 잠깐 머물다 나갈 수 있는 사람이고 싶다. 수면 바지를 입고 대낮에 활보하다 마주쳐도, 너무 오랜만에 만난 지인의 이름 마지막 글자가 도무지 생각나지 않아도 유쾌하게 수면 바지를 자랑하며 이름을 다시 물어볼 수 있는 용기가 필요한 일이다. 만나본 적 없는 이상적인 나의 모습도 버려야겠지. 언제나 나는 나로서 있기만 하면 되는 간단하면서도 어려운 문제. 잘될지는 모르겠지만 열심히 용기 내보겠습니다. 그러니 언젠가 우연히 나를 마주친다면 이 반가운 마음만은 알아줬으면.

모두에게 사랑받는다는 것

세탁물을 찾아 집으로 돌아오는 길에 어떤 아저씨가 세차게 방귀를 내뱉는 장면과 마주했다. 우연히 생명의 탄생을 목격한 기분이다. 그렇게 대단한 걸 내놓은 것에 비해 너무나도 의젓한 아저씨의 태도는 감탄스러울 정도. 한두 번 해본 솜씨가 아니다.

방귀에는 언제나 웃음이 나온다. 그저 구불거리는 터널을 지나 빛이 새어 나오는 좁은 구멍으로 몸을 비집고 나왔을 뿐인데, 그것이 사람들에게 웃음을 준다. 교양 없이 세차게 마찰음을 내면서 튀어나올수록 웃음의 강도는 더 커진다. 게다가 이 교양에 초점을 맞추면 상당히 부럽다. 층간 소음을 내지 않기 위해 고양이처럼 살금살금 걷거나, 공공장소에서 휴대폰의 진동 버튼을 몇 번이고 확인하는 내 모습을 떠올려보면 확실히 더. 방귀에 부럽다는 감정을 느끼는 것에는 여러모로 인정하기 싫은 비참함이 묻어나지만, 이렇게 존재만으로도 어떤 행동을 해도 환영받는 것은 방귀 외에는 아기밖에 없다. 그렇지 않나. 물론 이 모든 것은 내가 그 냄새를 맡지 않았을 경우로 한정한다.

대학생 시절에는 영화 보는 것을 유난히 좋아해서 종종 영화관을 찾았다. 수중에 돈이 넉넉지 않던 시절이라 영화는 무조건 조조 할인으로 보는 것이 원칙이었다. 아침 일찍부터 영화를 볼 수 있는 사람은 대부분 백수 아니면 학생이기 때문에 자리는 늘 한산했다. 관객이 나 외에 아무도 없어 홀로 보는 일도 잦았다. 그런 때에 영화가 스릴러이면 조금 더 오싹하게 볼 수 있다. 아무도 없는 영화관의 한복판에 홀로 앉아 의자에 몸을 깊숙이 파묻고 스릴러를 보는 기분이란. 괜히 의자를 툭툭 치고 물을 뿌려대는 4D 영화 따위보다 이쪽이 더 실감 난다.

그날도 여느 때처럼 아침 일찍 일어나 영화관에 들렀다. 〈트랜스포머〉 1편이 개봉하던 시기였는데, 오전임에도 불구하고 자리가 거의 꽉 들어차 있었다. 온 동네 백수가 다 모였나 보다. 아침 일찍 일어난 것이 아까워 목이 빠질 것 같은 앞자리라도 예약하고 자리를 잡았다. 영화가 시작되고 중간쯤 지났을까, 누군가가 조용히 방귀를 속삭였다. 아니 속삭이기 시작했다. 처음에는 어처구니없는 웃음을 터뜨리고 말았지만

두 번, 세 번 반복될수록 화가 치밀어 올랐다. 나는 이런 상황에서 대부분 자리를 피하거나 참는 편인데, 이건 도저히 참을 수가 없었다.

"그믄 즘 흐르" 하고 나지막이 읊조렸다. 내가 괴롭다고 해서 다른 사람의 영화 볼 권리를 빼앗을 순 없는 노릇이니 최대한 조용하고 널리 퍼지는 저음으로. 그러자 거대한 댐에 작은 균열이 생긴 것처럼 여기저기서 조용한 목소리들이 튀어나왔다. 나만 괴로운 게 아니었어. 묘한 동질감을 느끼며 조금씩 목소리가 커져갔다. 영화는 절정으로 치달아 "뿌슝! 콰광! 퍼엉!" 하는 소리들이 뒤엉켜 돌비 서라운드로 울려 퍼졌다.

"하아…."

"아니, 진짜 누가 영화관에서 똥을 쌌나 봐."

"이 정도면 병원 가봐야 되는 거 아닌가?"

모두의 목소리도 영화의 클라이맥스와 함께 높아져갔다. 댐의 물은 걷잡을 수 없이 터져나와 영화관의 앞자리를 가득 메웠다.

결국 냄새를 제공한 사람은 찾지 못했다. 처음부터 찾아서 응징하는 것이 목적은 아니었으니 상관없었다. 당사자도 충분히 괴로웠을 테지. 어쩌면 너무 궁지에 몰아넣어 제때 빠져나갈 틈을 주지 못한 것일지도 모른다. 어쨌든 우리는 모두 화가 났고, 모두가 괴로워했으며, 모두가 허망한 웃음을 터뜨렸다.

예외를 말하고 싶었으나 결과적으로 웃음이 나온다. 나는 이 기억을 떠올릴 때마다 웃겨서 견딜 수가 없다. 잠깐의 괴로움을 지불하고 평생 기억할 수 있는 웃음을 얻은 것이다. 새삼 방귀의 존재가 부럽다. 나도 방귀처럼 모두에게 웃음을 주는 사람으로 남을 수 있다면 여한이 없겠는데. 이런 걸 어디 가서 당당하게 이야기하지는 못하겠지만, 아마도.

많이 그려보세요

일러스트레이터에 관한 질문을 가끔 받는다. 그림을 그려서 어떻게 먹고사는지를 묻거나, 어떻게 해야 본인이 그림으로 유명해질 수 있는지 저돌적으로 묻는 사람도 간혹 있다. 당연히 나도 모르지(혹시라도 알게 되면 저에게도 알려주세요). 초반에 아무것도 모르던 시절에는 이것저것 굉장히 많은 말을 해줬는데 돌이켜보면 많이 부끄럽다. 우연찮게 일을 몇 개 하고서는 잘나가는 줄 알고 으스대던 시절이 나에게도 있었다.

지금은 어떤 질문을 받아도 아주 명쾌하게 "많이 그려보세요"라고 답변한다. 물어보는 사람에게도 나에게도. 어떤 사람은 내가 굉장히 성의 없게 답변한다거나, 그걸 누가 몰라 하는 표정으로 바라보는데 그게 사실이다. 그리는 순간순간 찾아오는 빛나는 순간들은 한두 장 그려서는 도무지 알 도리가 없다.

겨드랑이와 건자두

1판 1쇄 인쇄 2018. 12. 7.
1판 1쇄 발행 2018. 12. 14.

지은이 박요셉

발행인 고세규
편집 임지숙 | 디자인 홍세연
발행처 김영사

등록 1979년 5월 17일 (제406-2003-036호)
주소 경기도 파주시 문발로 197(문발동) 우편번호 10881
전화 마케팅부 031)955-3100, 편집부 031)955-3200, 팩스 031)955-3111

이 책의 한국어판 저작권은 저작권사와 독점 계약한 김영사에 있습니다.
저작권법에 의해 한국 내에서 보호를 받는 저작물이므로 무단전재와 무단복제를 금합니다.

값은 뒤표지에 있습니다.
ISBN 978-89-349-8391-0 03810

홈페이지 www.gimmyoung.com 블로그 blog.naver.com/gybook
페이스북 facebook.com/gybooks 이메일 bestbook@gimmyoung.com

좋은 독자가 좋은 책을 만듭니다.
김영사는 독자 여러분의 의견에 항상 귀 기울이고 있습니다.

이 도서의 국립중앙도서관 출판시도서목록(CIP)은 서지정보유통지원시스템 홈페이지(http://seoji.nl.go.kr)와 국가자료공동목록시스템(http://www.nl.go.kr/kolisnet)에서 이용하실 수 있습니다.(CIP제어번호 : CIP2018037678)